Markus Reich

Der
Corona-Idiot

Roman

Bibliografische Information der Deutschen Nationalbibliothek: Die Deutsche Nationalbibliothek verzeichnet diese Publikation in der Deutschen Nationalbibliografie; detaillierte bibliografische Daten sind im Internet über dnb.dnb.de abrufbar.

© 2020 Markus Reich
4. Auflage: überarbeitete Ausgabe. Neues Cover.
Lektorat: Martin Ott
Korrektorat: Barbara Breuker

Herstellung und Verlag: BoD – Books on Demand, Norderstedt

ISBN: 9783759734969

Inhalt

Stellt einer die Behauptung auf, die Erde sei ein Würfel, so denkt er ohne Zweifel unabhängig. Allerdings auch falsch.

Hans Kasper

Wer nicht auf seine Weise denkt, denkt überhaupt nicht.

Oscar Wilde

Die Demokratie muss dem Schwächsten die gleichen Chancen zusichern wie dem Stärksten.

Mahatma Gandhi

Im ersten Lockdown geschrieben und im August 2020 veröffentlicht. Somit ein Zeitdokument und wahrscheinlich der erste Corona-Roman dieser Pandemie.

Nachrichten

Wenn ich zurückblicke, ist es unvorstellbar, wie wir im Januar des Jahres 2020 zwar gebannt, aber dennoch gelassen auf dem Sofa saßen und die Ereignisse im fernen China verfolgten. Als wäre unsere Welt für immer vor solchen Katastrophen sicher. Wir waren der unerschütterlichen Meinung, dass, falls je eine Veränderung käme, diese nur von uns selbst herbeigeführt sein könnte. Eine Umgestaltung unseres Lebens durfte es ausschließlich aus einem Grund geben – weil wir das so wollten. Welch verhängnisvoller Irrtum! Wenige Monate nach den Phasen des intensiven Nachrichtenschauens wurde auch in Europa alles auf den Kopf gestellt.

Jeden Abend saßen wir vor dem Bildschirm und verfolgten bestürzt die Berichte über die Epidemie und ihre ungewöhnlichen Auswirkungen. Wir sahen die düsteren Bilder aus Wuhan. All dies wirkte so fern und irreal, als ob diese Krankheit auf dem Mars ausgebrochen und nicht imstande sei, uns zu erreichen. Dennoch schockierten uns die Bilder einer abgeriegelten Stadt in Ausgangssperre. Die chinesischen Behörden griffen durch. Die machten das einfach. Wie würde das bei uns sein? Nein, daran war nicht zu denken. Wider besseres Wissen dachte ich, dass sich so etwas bei uns nie ereignen würde. Dies musste eine Krankheit sein, die ausschließlich in Ostasien ausbrechen konnte. Sie vermochte sicherlich nicht, den Weg zu uns zu finden. Das war schlicht und einfach unmöglich. Natürlich bestand ich nur aus einem Grund auf dieser irrigen Meinung: Weil es undenkbar schien, dass bei uns solche Verhältnisse herrschen könnten wie in Wuhan, wo die Straßen leergefegt, die Krankenhäuser überfüllt und die Menschen in Panik waren. Äußerst beunruhigend mutete an, dass die Behörden und Ärzte hilflos wirkten. Jene Zeit bedeutete eine letzte Atempause für den Rest der Welt, als man annahm, dass die Verbreitung des Virus noch auf China beschränkt sei. Welch trügerische Ruhe.

An jenem Abend stand ich beschäftigungslos herum und dachte, dass in einer Stunde die Gäste eintrudeln und in unserem Wohnzimmer Platz nehmen würden. Genau genommen in Cynthias Wohnzimmer, korrigierte ich mich, schließlich ist es ihr Haus, das inmitten der Konstanzer Altstadt steht. Im Grunde gehörte mir damals nur der Inhalt eines Schrankes, in den ich die wenigen

Habseligkeiten aus Studienzeiten geräumt hatte: Vor allem Bücher und meine gute alte Ausrüstung für mehrtägige Bergwanderungen.

Ein Indiz, dass wir alle hochmütig weiterlebten wie bisher, war, dass Cynthias Tafelrunde sich vollständig einstellte. Cynthia hatte ein Acht-Gänge-Menü zusammengestellt, welches von unserer Köchin, die offiziell als Angestellte ihres größten Cafés geführt wurde, aber ausschließlich bei uns im Haus arbeitete, zubereitet wurde. Natürlich waren alle begeistert. Das war nicht anders zu erwarten gewesen. Cynthia unterliefen keine Fehler und falls der unwahrscheinliche Fall eingetreten wäre, hätte sie ihn, ohne mit der Wimper zu zucken, korrigiert. Bei mir wäre hier und da ein Mangel sichtbar geworden. Ein Gang hätte nicht zu den Essgewohnheiten mehrerer Gäste gepasst oder die Weingläser wären nicht perfekt poliert gewesen. Vielleicht hätte ich sogar mit Weihnachtsmotiven bedruckte Servietten verwendet.

Noch beim Begrüßungsgetränk, irgendeinem überteuerten Crémant oder Sekt, fiel das erste Mal jenes Wort, welches derzeit in aller Munde war. Diejenige, die es aussprach, meinte, dass wir versuchen sollten, heute Abend *nicht* darüber zu sprechen. Dies wurde mit Gelächter und beifälligen Gesten aufgenommen. Kaum saß man um den großen runden Tisch, die Vorspeise wurde serviert, ignorierte jemand, was gerade noch scherzhaft vorgeschlagen worden war. Als das Wort erneut ausgesprochen wurde, brachen sämtliche Dämme und alle redeten ungehemmt über das imposante Thema dieser Tage. Nichts schien an diesem Abend schwieriger, als die Gäste daran zu hindern, über die Einfälle zu reden, die in ihren Köpfen popcornexplosionsartig hochschossen. Es brannte allen auf der Zunge. Jeder hatte etwas dazu zu sagen. Derzeit konnte keine andere Angelegenheit Bestand haben, alle mussten darüber fabulieren, ob sie wollten oder nicht, es war eine geradezu unerlässliche Notwendigkeit. Es stellte sich heraus, dass natürlich alle die Nachrichten und die gespenstisch anmutenden Bilder aus China gesehen hatten. Sämtliche möglichen und unmöglichen Meinungen wurden ungehemmt ausgesprochen. Zu Anfang warf jeder rasch etwas ein, ohne eine Antwort abzuwarten, denn schon hob der Nächste hervor, was er für einen wichtigen Aspekt hielt. Klara versicherte: „Das wird auch bei uns einschlagen, es ist nicht aufzuhalten." Dabei tätschelte sie mit der flachen Hand ihre rot gefärbten und toupierten Haare.

Wenig später hatten sich kleine Gesprächsgruppen gebildet. Hier und da erfasste ich Sätze, während mir auffiel, dass vor Erregung schneller gesprochen wurde als sonst.

„Ja, aber es ist nicht schlimmer als eine Grippe", meinte Luise, die offensichtlich eine beschwichtigende Position einnahm und sich in dieser Rolle gefiel.

Klara hingegen prophezeite: „Irgendeiner wird es unbemerkt einschleppen und bis sie feststellen, dass er etliche Menschen angesteckt hat, wird es schon zu spät sein und viele daran erkranken. Ich wüsste nicht, wie man das verhindern kann."

„Also ich gurgle mit Weißwein", scherzte Annemieke und hob ihr Glas, um dies umgehend zu demonstrieren. Einige machten es ihr schmunzelnd nach. „Eine äußerst wohlschmeckende Desinfektion", lächelte Annemieke, während sie ihr Glas absetzte.

„Unser Gesundheitssystem ist gut genug", versicherte Luise und ich fragte mich, woher sie ihr Wissen bezog.

„Na, ich weiß nicht. Der Gesundheitsminister hätte mehr Beatmungsgeräte bestellen müssen", kritisierte Klara.

„Also wir werden noch schnell in den Urlaub fliegen, bevor das nicht mehr möglich ist", gab Annemieke bekannt.

„Wann fliegt ihr?", fragte Cynthia.

„Morgen. Ab Zürich."

„Und wenn ihr im Hotel in Quarantäne müsst? Da mussten doch irgendwo die Urlaubsgäste in ihren Hotelzimmern bleiben. Die durften nicht einmal mehr zum Essen das Zimmer verlassen. Denen wurden nur noch ab und zu Zettel vor die Tür gelegt. Wenn du im Ausland festhängst und nicht mehr willkommen bist – also ich traue mich nicht mehr, zu verreisen", gab Klara zu.

„Ach, das wird alles nicht so schlimm kommen. Das wird völlig übertrieben", versicherte Annemieke.

Das Gesprächskarussell drehte sich weiter und weiter. Das Top-Thema dieser Tage war noch lange nicht erschöpft. Jeder hatte etwas Gewichtiges dazu zu sagen.

Während des Essens wurde über nichts anderes gesprochen. Aber irgendwann wurden selbst die Eifrigsten dieses Themas müde. Das war Ismars Augenblick, den er vehement ergriff. Er war außer mir der einzige Mann am Tisch. Ismar hatte seine junge Frau Linda mitgebracht, die nicht viel redete. Einmal mehr hatte ich das Gefühl, dass Ismar mich nicht leiden konnte, wobei ich nie verstanden hatte, warum das so war.

„Sag mal Clemens, was hast du da für ein interessantes T-Shirt an?"

„Das ist das Cover meines Buches."

Ich hoffte, dass dieses Thema damit erledigt war. Cynthia hatte die Heizung so hoch eingestellt, dass mir während des Essens zu warm wurde. Ich hatte, zu Cynthias Missfallen, zwischen zwei Gängen das Hemd ausgezogen und darunter trug ich, völlig unbeabsichtigt, dieses T-Shirt.

„Immerhin ziemlich bunt. Verkauft sich dein Buch gut?"

Ich zögerte einen Moment mit der Antwort, weil mir das Ganze etwas peinlich war: „Ich bin bisher zufrieden."

„Hast du schon so viele Leser?", fragte Luise enthusiastisch.

Während ich noch überlegte, was ich sagen sollte, mischte sich Cynthia ein: „Ach was. Papperlapapp. Wie viele Bücher hast du die letzten zweieinhalb Monate verkauft, mein Liebling?"

„Sechs."

„Und waren nicht fünf davon E-Books?"

Cynthia wartete die Antwort auf ihre rhetorische Frage natürlich nicht ab: „Also die Miete oder das Essen", Cynthia deutete auf den Tisch, „oder guten Wein, den Clemens ja so liebt, können wir damit nicht bezahlen. Nicht einmal eine Flasche davon."

Ich hasse es, wenn Paare öffentlich Gespräche über ihr Privatleben führen. Aber das konnte ich nicht auf mir sitzen lassen: „Immerhin hast du mir damals vorgeschlagen, ich solle meinen Job aufgeben und mich dem Schreiben widmen. Du würdest mich in meiner Leidenschaft unterstützen, dein Geld würde auch für zwei reichen."

Ob es sich wohl vermeiden lässt, dass ich mit jedem Satz nur noch weiter in diese unselige Diskussion hineingezogen werde, fragte ich mich. Natürlich war Cynthia nicht um eine Antwort verlegen: „Natürlich. Aber ich dachte nicht, dass du nach Jahren immer noch keinen Erfolg hast. Ich warte mit steigender Ungeduld und wachsender Resignation auf deinen Bestseller."

„Er kann ja in einem deiner Cafés Lesungen abhalten", schlug Luise vor, woraufhin Cynthia natürlich den finanziellen Aspekt hervorheben musste: „Bei solchen Veranstaltungen muss ich stets zuschießen, sonst würde da schon lange niemand mehr auftreten können."

„Hast du eine Erklärung, warum dein Buch nicht läuft?", fragte Ismar, der breit grinsend zugehört hatte.

„Kunst profitabel zu machen, ist generell schwierig bis unmöglich. Außer man schreibt ein bescheuertes Buch über ein aktuelles Thema."

„Es soll Leute geben, die es geschafft haben, ihre bescheuerte, wie du es nennst, Kunst profitabel zu machen", warf Ismar ein.

„Ist das dein erstes Buch?", erkundigte sich Klara.

„Ja."

„Du redest doch seit Jahren vom Schreiben. Hast du nicht schon im Studium damit angefangen?", fragte Ismar.

„Das stimmt."

„Aber das liegt doch über zehn Jahre zurück! Und das mit deinem ersten Buch hat so lange gedauert? Da wundert es mich nicht, dass es nicht läuft. Wenn bei dir alles so lange dauert. Andererseits: Gut Ding braucht Weile. Vielleicht wirst du irgendwann noch der neue Shakespeare", lachte Ismar.

Cynthia setzte ihr Weinglas ab und erklärte der Runde: „Natürlich muss Clemens jedes Wort auf die Goldwaage legen, da er Millionen von Lesern durch seine Stimme beeinflusst, also – eines schönen Tages – beeinflussen wird."

Ihre Freunde und Freundinnen waren gehobener Laune und Ismar wirkte geistreich und charmant. Warum ich mich an diesem Abend nicht gegen die verdrehte Darstellung meines Literatenlebens gewehrt hatte? Vielleicht hätte ich das besser getan. Aber es gibt wiederkehrende Ereignisse, gegen die man sich nur anfänglich wehrt. Wenn man das irgendwann leid ist und die vehemente Abwehr links liegen lässt, dann schleicht sich eine gewisse Resignation ein. Und dann wird, ohne dass man es will, einiges ungewollt zur Normalität im Leben. Man gewöhnt sich daran. Cynthia hatte eine äußerst gewandte Art, die Dinge zu erklären, sie darzustellen, schönzureden oder abzuurteilen. Sie konnte einem alles verkaufen.

„Und warum hast du heute Abend dieses T-Shirt angezogen?", fragte Ismar.

„Weil er in nichts anderem mehr herumläuft", jammerte Cynthia und verdrehte die Augen. „Wenn ich jedes Mal, wenn ich ihn in dem T-Shirt sah, ein Buch gekauft hätte, dann wäre es bereits ein Bestseller."

„Du hast doch gesagt, ich solle endlich Marketing für mein Buch machen, sonst kauft es kein Mensch", verteidigte ich mich.

„Das stimmt. Schließlich kannst du nicht darauf warten, eines schönen Tages entdeckt zu werden. Oder dass zumindest die Filmrechte an deinem Buch nach Hollywood verkauft werden, ohne dass jemand außer mir weiß, dass du das Buch des Jahrhunderts geschrieben hast."

Ismars Moment war gekommen: Mit einer süffisanten, überall deutlich hörbaren Stimme, sagte er langsam und genüsslich: „Aber Werbung macht man doch nicht mit Hilfe eines peinlichen

T-Shirts des eigenen Buchcovers bei einem Abendessen unter Freunden.“

Alle lachten! Klara und Luise hielten sich dabei belustigt-verlegen die Hand vor den Mund. Am lautesten quiekte Cynthia: Niemand würde ihr je solch ein herzhaftes Amüsement bieten können wie der eigene Partner.

Es dauerte lange, bis sie sich beruhigt hatten.

„Vielleicht könntest du auf andere Weise Werbung für dein Buch machen?“, sagte Luise. Sie rückte ihren Seidenschal zurecht und meinte es wohl wirklich gut mit mir.

„Ach, mit so etwas hält sich doch Clemens nicht auf“, warf Cynthia ein. „Werbung! Das ist etwas für uns Unternehmerinnen mit unseren profanen Geschäften, von denen zwar auch mein geliebter Clemens lebt, aber ein Genie will entdeckt sein. Im Grunde wartet Clemens seit Jahren auf einen Anruf aus Schweden.“

„Wieso aus Schweden?“, fragte Klara.

„Das Literaturnobelpreiskomitee. Darunter macht es Clemens nicht. Aber jetzt einmal im Ernst: Clemens, hast du endlich etwas unternommen in Sachen Werbung?“, fragte Cynthia.

Die Wahrheit ist, dass es mir widerstrebt, Werbung für mich zu machen, genauso wie Anfragen hinsichtlich Leseterminen anzuleiern:

Sprich, den Hörer in die Hand zu nehmen und irgendwo anzurufen.

„Nun, ich plane in den nächsten Monaten eine kleine Tournee. Wahrscheinlich lese ich das erste Mal in einem von Cynthias Cafés."

„Wie viele Exemplare deines Buches bestellst du denn für den großen Abend?", fragte Ismar.

„Das weiß ich noch nicht."

„Cynthia, hast du Angst, dass Clemens die unverkauften Exemplare im Haus stapelt wie Loriot die Senfgläser unter der Kellertreppe?", prustete Ismar los. Und versöhnlich, wobei dies eher hämisch klang, meinte er zu mir: „Na, die Literaturliebhaber werden sicherlich zahlreich kommen und dir den künftigen Bestseller aus den Händen reißen."

Cynthia fühlte sich offensichtlich dazu gezwungen, dies richtigzustellen: „Also im Schnitt kommen um die zwanzig Leute pro Abend. Lesungen gehen eher schlecht, außer es kommt ein bekannter Autor, aber die lesen im Osiander oder der Stadtbücherei und nicht in einem Café."

„Schreibst du bereits an einem zweiten Buch, Clemens?", fragte Luise. Ich war mir in diesem Moment nicht einmal mehr bei Luise sicher, ob sie es gut mit mir meinte oder sich über mich lustig machen wollte.

„Nein. Noch nicht."

„Schreib doch eine Geschichte, die ‚Der Corona-Idiot' heißt", lachte Ismar.

Cynthia stimmte in Ismars Lachen ein. Sie schien alles gut zu finden, was er sagte. Indem sie über mich spottete, konnten auch ihre Freundinnen sich ungeniert amüsieren. Wenn sich der eigene Partner gegen dich wendet, ist dies wie ein Startsignal, dass sie über dich herfallen dürfen. Vielleicht hatte ich es auch verdient. Seit zehn Jahren lebte ich von Cynthias Geld und herausgekommen war ein einziges Buch. Jedoch hatte ich in dieser Zeit das Schreiben erst lernen müssen. Ich hoffte inständig, dass das Buch richtig gut geworden war. Zudem war ich stets der Meinung, dass es besser ist, ein herausragendes Buch zu schreiben als fünf mittelmäßige. Alle am Tisch waren erfolgreiche Unternehmerinnen und Ismar war Universitätsprofessor. Dass jemand am Tisch saß, der es beruflich nicht weit gebracht hatte, schien niemanden ernsthaft zu bekümmern.

„Vielleicht hast du recht Ismar und ich sollte das tun."

Dies klang wohl so unentschlossen, dass Cynthia sich bemüßigt fühlte, etwas anzumerken. „Aber ich werfe Clemens nichts vor. Ich hätte schon recht früh wissen müssen, dass er so ist. Es gab genügend Anzeichen. Aber ich hatte wohl aus lauter Liebe mein Frühwarnsystem deaktiviert."

„Ja, welche denn?", fragte Annemieke, die eine weiße Bluse trug, die aussah, als hätte sie mindestens vierhundert Euro gekostet. Erneut war Cynthia die Aufmerksamkeit der gesamten Runde gewiss. Darum ging es im Grunde: um Aufmerksamkeit.

„Ich lebte damals noch im Norden und frisch verliebt wie wir waren, sahen wir uns jedes zweite Wochenende. Clemens flog gewöhnlich von Zürich aus zu mir. Eines schönen Freitagabends war er am Telefon und sagte, dass er im Zug sitze und irgendwann am Samstagnachmittag ankommen würde."

„Er hatte den Flug verpasst", warf Annemieke wissend ein.

„Ja, aber wisst ihr warum?"

Rundherum hingen neugierige Gesichter an Cynthias signalfarbenrot-leuchtenden Lippen.

„Er hatte den Flug nicht genommen – weil er ein Buch las, welches ihn so fesselte, dass er am Gate sitzend das Boarding verpasste. Er hörte nicht einmal, wie sein Name ausgerufen wurde. Als er aufschaute und alle Sitze um ihn herum leer waren, stutze er, fragte nach und ihm wurde mitgeteilt, dass sie seinen Namen per Durchsage aufgerufen hätten. Das alles hatte Clemens nicht bemerkt, aufgrund eines Buches. Also war eigentlich schon damals völlig klar, wer sich um das Praktische und Finanzielle würde kümmern müssen. Ich darf mich nicht beklagen. Ich hätte es wissen müssen", schloss Cynthia und vollführte eine resignierende Geste.

Ja, meine Partnerin war die Erfolgreiche. Und weil wir grundverschieden waren, verhielt sich Cynthia meist völlig anders, als ich es getan hätte. Etwa bei der Besorgung der Weine, die ein Teil der Vorbereitung dieses Abends gewesen war. Wir hatten einen alteingesessenen Laden zur Weinprobe aufgesucht. Der betagte Besitzer, dessen Geschäfte, wie man sich zuflüsterte, nicht mehr blendend gingen, hatte bereits mehrere Flaschen für uns geöffnet, die er nicht mehr verkaufen konnte. Cynthia war jedoch noch immer nicht zufrieden. Ich vermutete, dass sie wie gewöhnlich vier Kisten Wein zu je sechs Flaschen kaufen würde. Mit dem Anrecht, die Flaschen, die wir nicht öffneten, zum vollen Preis zurückzugeben. Und wir hatten bereits vierzehn Weine probiert. Ich hätte mich längst für einen Wein entschieden, sie waren alle ausnahmslos gut, unterschieden sich nur in Nuancen, aber Cynthia war ungeduldig und hatte an jedem Wein etwas auszusetzen. Ich befürchtete bereits, dass Cynthia hier keinen

Wein kaufen und den bedauernswerten Mann ohne Umsatz zurücklassen würde.

Rückblickend fiel mir an diesem Abend noch auf, dass, wenn Ismar sich unbeobachtet fühlte, er Cynthia in den Ausschnitt schaute. Dabei war der Ausschnitt nicht einmal besonders gewagt. Ich fragte mich unwillkürlich, ob Ismars Sexualleben mit Linda genauso eingeschlafen war wie unseres.

Als weit nach Mitternacht alle gegangen waren, die Köchin abräumte und wir uns ins Schlafzimmer im oberen Stockwerk zurückgezogen hatten, begannen wir zu diskutieren. Ich war gekränkt. Cynthia meinte, ich solle das nicht persönlich nehmen und könne mich doch im Grunde freuen, wenn andere sich amüsierten. Das müsse man aushalten, ich dürfe nicht so ein Hagestolz sein. Wir gerieten in einen wunderbaren Streit. Am Ende meinte Cynthia lakonisch: „Du solltest dich bezüglich der Werbung beraten lassen. Zumindest könntest du eine dritte Meinung einholen. Sonst kocht das alles nur in deinem eigenen Saft."

„Jedenfalls habe ich mein Bestes gegeben, um unterhaltsam zu sein."

„Vielleicht redest du nächstes Mal nicht so viel. Das passt einfach nicht."

„Wieso nicht?"

„Dein Redebeitrag steht im Gegensatz zu deinem Erfolg. Lass besser diejenigen zu Wort kommen, die es geschafft haben. Da kannst du noch etwas lernen."

„Vielleicht. Jedenfalls bringt die drohende Krise neue Aspekte der Menschen zu Tage."

„Und trink bitte beim nächsten Mal weniger. Oder ist nicht unangenehm auffallen, zu viel verlangt?"

„Du hast deine Ansprüche ganz schön reduziert."

„Das ist in einer langen Beziehung wie der unseren wohl unvermeidlich."

Unwillkürlich musste ich daran denken, dass wir uns früher nach solchen Abenden geküsst und geliebt hatten. Aber seit sich die Anziehung zwischen uns verflüchtigt hatte, war unser Liebesleben eine Farce.

„Wir kommen mit unseren Diskussionen nicht weiter. Wir sagen beide immer das Gleiche", klagte ich und Cynthia verzichtete darauf, dies zu kommentieren. Wenig später drehte sich jeder auf seine Seite. Das Bett war zwei Meter zwanzig breit, groß genug, um jegliche Nähe zu vermeiden. Aber auch das war für uns längst nichts Neues mehr.

Dieser Abend nahm viel vorweg und bereitete uns insgeheim auf das Kommende vor. Es brauchte nur noch die Einschränkungen, die Ende März verkündet wurden, um unser gewohntes Leben auf den Kopf zu stellen, jedenfalls soweit es mich anbelangte. Natürlich betraf es auch Cynthia, aber sie war für die Wechselfälle des Lebens weitaus besser gewappnet. Im Grunde lebten wir zwischen Januar und März nicht anders als zuvor, pflegten unsere kleinen und großen Eitelkeiten und ließen uns von den Nachrichten aus China nicht allzu sehr aus der Ruhe bringen. Es blieb bei dem atemlosen Verfolgen der täglichen Berichte.

Tigerkäfig

Schritt für Schritt trudelte das Land in den Corona-Modus, wie nach und nach die ganze Welt. Hamsternde Käufer trieben ihr panisch-sinnloses Unwesen, die Fernsehkanäle weiteten ihre Berichterstattung über das alles dominierende Thema massiv aus: Nach den Nachrichten ging es nahtlos weiter, eine Sondersendung jagte die nächste. Landesweit wurde gerätselt, warum die Panikkäufe vor allem auf Klopapier fixiert waren. Zufriedenstellende Antworten gab es keine. Regalbretter, in denen Nudelpackungen stehen sollten, gähnten leer geräumt und irgendwo tauchte das Bild einer weinenden und erschöpften Krankenschwester auf, die spätabends von der Arbeit kommend in einem Laden vor den nackten Regalen stand. Es wurden dringend Mitarbeiter gesucht, um Waren einzuräumen. Im Regionalradio berichtete die Leiterin eines Supermarktes, dass zwar alles täglich neu aufgefüllt würde, aber sie besorgt um jene Lebensmittel sei, die in unüblichen Mengen von Privatpersonen gekauft würden. Eine Einzelperson hätte dreißig Packungen Knäckebrot erworben, woraufhin die Interviewte die Befürchtung äußerte, dass diese früher oder später im Müll landen würden.

Bisher ungewohnte Verhaltensregeln wurden rasch zur neuen Normalität. Wenn man jemanden auf der Straße traf, ging man Abstand haltend umeinander herum oder blieb zwei Meter voneinander entfernt stehen. Der Abschiedsgruß „Bleib gesund" wurde zur Regel. Wenn Leute sich auf dem Gehsteig unterhielten, wenn auch mit ausreichendem Zwischenraum, war störend, dass sie dabei rechts und links des Weges standen. Sodass man zwischen ihnen hindurchgehen musste und dabei den Mindestabstand nicht einhalten konnte. Mich überraschte, dass ein Bekannter immer fanatischer reagierte. Er kannte kein Halten mehr und verschickte mindestens einmal täglich einen Link, der zu verschiedenen Quellen führte, die sich in gewagten, unlogischen und unhaltbaren Aussagen übertrafen. Jedoch war er damit nicht allein. Je abstruser die Theorie, desto begeisterter wurde sie scheinbar von einer gewissen Klientel aufgenommen. Erschreckend an der ganzen Sache war, dass immer mehr Freunde, die ich für vernünftige Menschen gehalten hatte, die wunderlichsten Theorien verbreiteten. Ergebnislos fragte ich mich, warum sie das taten.

Das Virus war endgültig in Europa angekommen und alles änderte sich schneller als erwartet. Der große Einschnitt kam Ende März. Bund und Länder beschlossen strenge Ausgangs- und Kontaktbeschränkungen. Daraufhin war es Millionen von Deutschen nicht mehr möglich zu arbeiten. Manche konnten nach einer kleineren oder größeren Umstellung im Homeoffice ihrer beruflichen Tätigkeit nachgehen.

Spürbar wurde die Krise für die Konstanzer durch die Sperrung der Grenzen. Die Schweizer Berge, die bei guter Sicht majestätisch hinter dem See aufragen, rückten über Nacht in unerreichbare Ferne, obwohl die Luftlinien-Distanz zwischen Konstanz und dem zweitausendfünfhundert Meter hohen Säntis weniger als fünfzig Kilometer beträgt.

Cynthia musste schweren Herzens ihre Cafés schließen. Mit einem Mal gab es auch für sie nichts mehr zu tun. Dies war eine völlig neue Situation für meine erfolgsverwöhnte Lebensgefährtin, die wie ein Tiger in der Wohnung auf- und ablief. Nicht aktiv zu sein, war unerträglich für Cynthia. Nachdem sie nicht mehr während des Vormittags durch ihre Cafés ging, um zu überprüfen, ob alles in Ordnung ist, keine Anweisungen geben konnte, weder Kontakt zu Stammkunden hatte noch Macht über Angestellte, schien sie geradezu zu implodieren. Sie hatte mit einem Mal nicht mehr das Gefühl, wichtig zu sein und gebraucht zu werden. Somit wandte sich die Energie, die sie ansonsten tagtäglich versprühte, gegen sie selbst. Cynthia war so ganz und gar nicht für das *dolce far niente* geschaffen. Das Nichtstun war eine außerordentliche Qual für sie.

Die meisten Geschäfte waren geschlossen, geöffnet hatten unter anderem die Lebensmittelläden, Bäckereien, Baumärkte, Apotheken und die Drogeriemärkte. Als Cynthia vom Einkaufen zurückkehrte – eine Tätigkeit, der sie sich jahrelang entzogen und der Köchin übertragen hatte –

berichtete sie, dass im Supermarktgang ein Kunde mit einem Karton voller Reinigungsmittel an ihr vorbeigeeilt sei. Andere Einkaufende hätten empört zugeschaut. Der Mann hielt die mit grünen Flaschen gefüllte Pappschachtel umklammert, schaute an der Kasse stur geradeaus, bezahlte, lief mit seiner Beute eilig von dannen und ward nie mehr gesehen.

Indessen rückte der Tag meiner ersten Lesung näher. Ich hatte mich seit Wochen darauf vorbereitet. Aber eine Lesung nach der anderen wurde abgesagt, weil entsprechende Verordnungen erlassen wurden. Der Geschäftsführer einer Kleinkunstbühne rief mich an, statt per E-Mail abzusagen. Er konnte nur darüber spekulieren, wie lange sie schließen müssten, und erwähnte nebenbei, dass ihm zwei Personen mitgeteilt hätten, dass sie ihre Tickets für meine Veranstaltung nicht zurückgeben werden. Ich wäre am liebsten zu diesen großzügigen Menschen geeilt und hätte sie umarmt. Wie viel mir das bedeutete! „Einige haben Gutscheine gekauft", sagte der Geschäftsführer. „Obwohl wir ihnen nicht garantieren können, dass jemals wieder ein Künstler unsere Bühne betreten wird, weil wir nicht wissen, ob wir diese Krise überstehen werden. Schließlich weiß kein Mensch, wie lange das alles dauern wird."

Somit wurde mein Vorhaben, als Autor durchzustarten, vereitelt, auf das ich im Grunde jahrelang hingearbeitet hatte. Noch vor wenigen Monaten hatte ich nicht im Traum gedacht, dass so etwas geschehen würde. Ich hatte befürchtet, dass ich krank werden könnte und mir alle möglichen und unmöglichen Szenarien ausgemalt, die meine Lesungen sabotieren könnten. Dass ein klitzekleiner Virus aus einem fernen Land meine Auftritte verhindern würde – darauf wäre ich nie gekommen. So erging es vielen. Den ersten Verboten folgten rasch weitere Bestimmungen.

Die komplette Lesetournee konnte ich somit abschreiben. Ich hatte mich dazu gezwungen, Marketing zu betreiben und öffentliche Termine zu vereinbaren. Wochen hatte ich damit verbracht, fünfundzwanzig Leseabende in der Region zu vereinbaren. Um nun mit leeren Händen dazustehen. Alles brach zusammen, auf das ich mich seit Jahren, durch das Schreiben meines ersten Romans, vorbereitet hatte. Das Vorhaben, meine fanatische Liebe zur Literatur als Autor auszuleben, war gründlich gescheitert. Am Ende hätte sich wahrscheinlich sowieso kein Mensch dafür interessiert. Vielleicht war mir sogar ein Misserfolg erspart geblieben. Jedenfalls war der Versuch, eine bescheidene Bekanntheit zu erlangen, gründlich missglückt. Wenn etwas fehlschlägt, unken Ratgeber, soll man aufstehen und weitermachen. Erfolgreich sei derjenige, welcher nach einer Niederlage nicht aufgibt.

Cynthia lief indessen weiterhin wie eine verärgerte Tigerin durch die Wohnung. Sie brauchte die Außenwelt viel mehr als ich. Sie hatte niemanden mehr, außer mir und unserer Köchin, dem sie Anweisungen geben konnte. Das imaginäre Klingeln der Kassen fehlte ihr. Dass ihre Cafés geschlossen bleiben mussten, trieb sie zum Wahnsinn. Jeder bestellte und bezahlte Cappuccino ließ ihr Herz höherschlagen, als ob ihr Kreislauf durch die Einnahmen des Tages befeuert wurde: Jede eingenommene Euromünze löste einen Pulsschlag aus.

Außerdem musste Cynthia immer schwarze Zahlen schreiben, sie konnte gar nicht anders: All ihre Handlungen dienten der Gewinnmaximierung. Ihr Vermögen musste sich stets vermehren. Es wuchs seit Jahren unaufhaltsam an, das war gar nicht anders möglich. Sie würde auch diesmal einen Weg finden.

Cynthia war bald schon damit beschäftigt, ihren Steuerberater anzurufen, der ihr die Anträge auf Soforthilfen erklären und Anträge auf Kurzarbeitergeld stellen musste. Sie überwies Geld hin und her und tätigte Investitionen, um kein verfügbares Geld zu haben, drehte an sämtlichen Stellschrauben, setzte alle Hebel in Bewegung. Es war für sie eine sportliche Aufgabe, die Staatshilfen in voller Höhe zu kassieren. Wenn diese jemand nicht nötig hatte, dann Cynthia. Sie besaß ein großes Vermögen, zudem ein Haus in bester Lage und verbuchte jährlich einen Gewinn im sechsstelligen Bereich. Wohlgemerkt: Gewinn, nicht Umsatz.

Danach war meine Lebensgefährtin endgültig der Tatenlosigkeit überantwortet. Cynthia war von einer hastigen Unruhe erfüllt, die sie nicht kontrollieren konnte und der sie vollkommen ausgeliefert war. Sie brauchte die Außenwelt, die Zerstreuung durch die zahllosen Abläufe in ihren Cafés und genoss es, ihre Angestellten anzuleiten. „Ohne meine Arbeit bin ich nur ein halber Mensch", stöhnte sie.

Wenn ich mich umschaute und umhörte, war nicht zu übersehen, dass die Menschen des 21. Jahrhunderts ihre gewohnten Aktivitäten vermissten: all die Vereinssportarten, den kleinen Literaturkreis, die Chorprobe, das Schwimmbad, den Spieleabend, das Kino, Museum, Theater und die Oper, die Kletterhalle, das Rafting, das Bergwandern und so weiter und so fort.

Mit Engelszungen machte ich Cynthia giftgetränkte Vorschläge möglicher Betätigungsfelder – die sie alle rundweg ablehnte. Natürlich wusste ich genau, dass sie sich nicht sonderlich für das interessierte, was ich vorschlug. Aber in unserer Verbindung hatte sich längst ein subtilmissgünstiger Umgang eingestellt. Nach der letzten Tafelrunde hatte sie sowieso noch etwas gut. Meine Zeit der Rache war endlich gekommen. Für gewöhnlich bemerkte sie meine kleinen Angriffe sofort. Sie war jedoch so tief in ihrer persönlichen Krise der Beschäftigungslosigkeit versunken, die wie eine Panik anmutete, dass sie nicht einmal mehr die kleinen und großen Spitzen meiner ironischen Anregungen zu bemerken schien. Also konnte ich, sobald ich Cynthia zu Gesicht bekam, sie mit absurden Vorschlägen traktieren. Es ging dabei immer darum, was sie denn tun könne, damit ihr nicht so *schrecklich* langweilig sei. Ich brachte innerhalb weniger Tage zahllose Empfehlungen an, die sie nur noch unruhiger machten und tiefer in die Verzweiflung trieben. Die Ruhe und das Stillstehen waren allergrößte Strafen für sie, geradezu Plagen biblischen Ausmaßes. Cynthia litt unter der Untätigkeit wie ein Hund. Es gab für sie nichts Schlimmeres.

„Wir könnten doch puzzeln. Haben wir nicht im Keller ein Puzzle mit 5000 Teilen?", rief ich, als sie die Treppe herunterkam. Cynthia betrat das Wohnzimmer, schritt darin auf und ab und schien gar nicht zu hören, was ich sagte.

„Dann sind wir immerhin beschäftigt. Wir könnten aber auch fernsehen. Ich weiß, es ist noch früh am Morgen und du kannst es nicht ausstehen, wenn der Fernseher vor dem Abend läuft. Aber wir sollten einfach einmal eine Ausnahme machen. Nein?"

Ich hielt einen Moment inne, um danach weitere Vorschläge anzubringen: „Würdest du mir deine Wünsche für die Zukunft verraten?"

Keine Antwort.

„Vielleicht ist es eine gute Idee, Geld für einen guten Zweck zu spenden."

Cynthia zuckte jedes Mal zusammen, wenn ich etwas anbot, das wir tun könnten, während sie ruhelos umherging.

„Was hältst du davon, einen Mittagsschlaf zu halten, Gedichte zu schreiben, Kreuzworträtsel zu lösen, mit deinem Mann zu kuscheln, ein Dessert zuzubereiten?"

„Mittagsschlaf. Wieso Mittagsschlaf? Ich mache nie einen Mittagsschlaf. Und Gedichte? Das ist doch alles …"

Cynthia wirkte völlig verloren. Sie hielt es nicht mehr aus. Bevor sie anfing zu schreien oder zu weinen, verließ sie das Wohnzimmer und stürmte die Treppe nach oben. Sie verschwand für mehrere Stunden.

Mein Mitleid hielt sich in Grenzen, dagegen stieg ein herrliches Vergnügen über die langersehnte Rache in mir auf. Es war großartig. Sie war mir völlig ausgeliefert. Abends fand Cynthia sich im Wohnzimmer ein, kurz vor dem festgelegten Zeitpunkt des Abendessens.

„So grauenvoll hätte ich mir das nicht vorgestellt. Wenn ich nur daran denke, dass meine Cafés geschlossen sind", stöhnte sie anstatt einer zärtlichen Begrüßung.

„Na ja, das ist unangenehm, aber du hast die Soforthilfe beantragt und …"

„An das Geld will ich gar nicht denken, sonst drehe ich komplett durch."

„Wenn du es übers Jahr betrachtest, verbuchst du am Ende bestimmt immer noch einen Gewinn."

„Wenn man wenigstens wüsste, wie lange wir schließen müssen. Aber weißt du, was noch viel schlimmer ist?"

„Keine Ahnung."

„Ich weiß gar nicht, wie du das seit Jahren aushältst: Den lieben langen Tag zuhause herumzuhocken, um deine Texte dreißig Mal zu überarbeiten und dabei die ganze Zeit in deinen kleinen Laptop zu schauen. Zwischendurch ein Spaziergang oder etwas Sport – ich werde hier nach zwei Tagen schon wahnsinnig. Ich hätte nie gedacht, dass es mir so fehlen würde, aus dem Haus zu gehen und zu arbeiten."

„Dann lass uns doch etwas spazieren gehen."

„Spazieren gehen?! Ich bin doch kein Rentner. Das ist doch …"

„Aber uns geht es doch noch gut, stell dir vor, wir hätten eine Ausgangssperre wie in Spanien oder Italien."

„Dann würde ich komplett durchdrehen. Ich weiß gar nicht, wie die das aushalten. Ich bin völlig …"

„Dir fehlen ja die Worte, das kenne ich gar nicht an dir", lachte ich, als wäre das alles ungemein lustig.

„Das ist alles so sinnlos. Gott, lass mich nie Rentner werden. Ich glaube, die Cafés behalte ich, bis es gar nicht mehr anders geht. Verrückt, dass mir das so sehr fehlt! Allein der morgendliche Rundgang, um zu schauen, ob pünktlich geöffnet wird, ob alles passt und meine Stammkunden wie gewohnt bedient werden."

„Dir fehlt, gebraucht zu werden, jemand zu sein, eine Rolle zu spielen. Immerhin können wir noch nach draußen gehen. Lass uns doch nachher zum Hafen laufen, um zu schauen, wie der Wasserstand ist."

„Der Wasserstand! Der blöde Wasserstand! Was interessiert mich der Wasserstand?! Dir mag das genügen, aber ich werde noch wahnsinnig, wenn das so weitergeht."

Das erste Mal sah ich Cynthia in einer Krise. So schlecht war es ihr noch nie gegangen. Die Aktiven und Überaktiven litten in diesen Tagen wie unglücklich verliebte Hunde. Während ich mich langsam besser fühlte. Und zwar nur deshalb, weil andere nicht länger erfolgreicher waren als ich. Seltsam, aber es war so. Wenige Minuten später teilte Cynthia mir mit, dass sie Ismar und seine Frau Linda zum Abendessen eingeladen hatte. Natürlich um sich dringend benötigte Abwechslung zu verschaffen. Sie hätte in diesen Tagen auch Jack the Ripper eingeladen, wenn niemand anderes zur Verfügung gestanden hätte. Nun hatte sie immerhin etwas zu tun, was bedeutete, der Köchin Anweisungen zu geben. Ihre Verzweiflung schien um eine Nuance zu sinken. Sie hatte in der Krise ein erstes Mal irgendwelche Aktivitäten angeleiert. Womöglich würden wir von nun an jeden Tag Gäste zum Abendessen im Haus haben.

Nachdem Ismar und Linda gegangen waren, setzten Cynthia und ich die Diskussion des

Abends fort. Natürlich konnte es nur ein Thema geben.

„Immerhin haben sie schnell gehandelt", meinte ich, „und etwa Mieter, die ihre Miete nicht bezahlen können, vor der Kündigung geschützt."

„Statt Mietausfälle für drei Monate mit einem zweifelhaften, temporären Kündigungsschutz zu versehen, hätte der Staat den in Not geratenen Mietern ein zinsloses Darlehen geben können. Oder einen ausreichenden Zuschuss, damit die Miete bezahlt wird und sich keine Schulden aufhäufen, die den Druck nur noch größer machen, der auf den von Verdienstausfällen Betroffenen lastet. So verschieben und vergrößern sie das Problem nur, weil die Schulden des Mieters anwachsen. Derjenige, der drei Monate lang keine Miete zahlen kann, wird sie danach wahrscheinlich erst recht nicht begleichen können. Wie werden die Vermieter wohl nach den drei Monaten auf die anwachsenden Mietschulden reagieren? Das ist eine tickende Zeitbombe."

„Ich bin beeindruckt. Ist das etwa deine soziale Ader, die da zum Vorschein kommt?"

„Nicht nur mein kluger Clemens weiß immer alles besser, während sein Autorendasein permanent rote Zahlen verbucht. Ohne dein ungebildetes Frauchen hättest du schon vor Jahren Bankrott anmelden müssen."

„Wahrscheinlich wird irgendwann mehr über die wirtschaftlichen Folgen geredet werden als über die Krankheit selbst."

„Hast du etwas anderes erwartet? Viele Unternehmer und Selbstständige verlieren in diesen Tagen, was sie sich über Jahre hinweg aufgebaut haben."

„Ich hoffe, der Staat wird die Verlierer der Krise weiterhin unterstützen."

„Als ob das so einfach wäre, mein lieber Luftschlossbauer. Auch das ungehemmte Gelddrucken wird eines Tages ein Ende finden. Das wird ein bitterböses Erwachen geben. Und wer will schon Almosen? Niemand will dauerhaft auf Hilfe angewiesen sein."

„Ohne dich würde ich wohl auch in einer Sozialwohnung leben. Kunst bedeutet oft Hartz IV."

„Schon lange ist nicht mehr nur der Idealist der Fußabtreter unserer Gesellschaft."

Was für eine drastische Ausdrucksweise. Das kannte ich gar nicht an Cynthia. Als ich mich ins Bett legte, kam ich nicht umhin, mir einzugestehen, dass dies eine richtig gute Diskussion gewesen war. Ich fand interessant, was Cynthia gesagt hatte. Warum redeten wir nicht öfters so miteinander? Vielleicht wären wir uns dann wieder nähergekommen. Fast hätte ich mich zu Cynthia umgedreht und meine Hand auf ihre Hüfte gelegt. Aber die Gewohnheit, es nicht zu tun, hinderte mich daran.

Am Nachmittag des nächsten Tages hielt ich es nicht mehr in der Wohnung aus und beschloss, meinen mehrstündigen Lieblingsspaziergang anzutreten, der mich durchs Paradies, über die Alte Rheinbrücke, die Promenade entlang, den Seeuferweg bis zum Hörnle, am Wasserwerk vorbei, bis zur Mainau und über St. Katharina führen würde. Das Angebot mitzukommen, lehnte Cynthia ab. Meine lebenstüchtige Partnerin litt offensichtlich lieber in den eigenen vier Wänden am abrupt abhandengekommenen Außendasein.

Der Spaziergänger

Kaum bog ich um die erste Ecke, traf ich Viktor, von dem ich schon gar nicht mehr wusste, woher ich ihn kannte. Ich grüßte, er grüßte halblaut zurück, zog im gleichen Moment ein kleines Kästchen heraus und hielt es in meine Richtung.

„Hast du ein Smartphone dabei?", fragte er und sah mich durchdringend an.

„Ja."

„Würdest du es bitte ausschalten oder den Flugzeugmodus aktivieren?"

„Verrätst du mir, warum ich es ausschalten soll?", fragte ich und hielt mein Smartphone hoch, woraufhin er einen Schritt zurücktrat und schützend die Hände hochhielt.

„Die Dinger strahlen immens. Ich bekomme, wenn ich zu viel davon abkriege, eine Allergie."

Eilfertig aktivierte ich den Flugzeugmodus.

„Was ist das?", fragte ich und zeigte auf das Kästchen.

„Ein Messgerät."

„Und was machst du damit?"

„Ich messe die Strahlenbelastung durch Smartphones."

„Aber die sind doch überall."

„Gerade deswegen."

Meistens hatten wir uns im Vorübergehen nur flüchtig gegrüßt. Diesmal blieben wir stehen und unterhielten uns eine geschlagene Stunde lang. Mit einem Mal hatten Menschen Zeit, sich auf der Straße einfach so zu unterhalten. Das Leben vieler war abrupt verlangsamt worden, während andere mehr Arbeit aufgebürdet bekamen, die mit zusätzlichem Stress verbunden war. Wie ungleich das verteilt war! Die einen waren zur Untätigkeit verdammt und die anderen wussten nicht, wie sie die anwachsende Arbeit in derselben Zeit bewältigen sollten. Der Betrieb, in dem Viktor angestellt war, hatte Kurzarbeit eingeführt. Ihm fehlten das Büro und die Kollegen: „Das hätte ich nie erwartet." Er hatte geplant, nächstes Jahr sein Berufsleben zu beenden, da er seit über dreißig Jahren arbeitete und stets gut verdient hatte. „Aber das muss ich mir nochmals überlegen. Einfach aussteigen – ohne Plan, nein, das geht nicht."

Wir verabschiedeten uns herzlich und ich freute mich über zwei Frauen, die auf der Straße Federball spielten. Es war alles so ruhig, so friedlich und kein einziger Kondensstreifen am Himmel. Bis ein Hubschrauber die Stille durchbrach, der die Grenzlinie zwischen der Schweiz und Deutschland entlangflog. Als ich weiterging, fiel mir auf, dass ich meinen Rucksack mit den leckeren Sandwichs – unsere Köchin bereitete diese meisterhaft zu – und die Wasserflasche vergessen hatte. Ich war noch nicht weit gekommen und mehrere Stunden unversorgt unterwegs zu sein, erschien mir nicht ratsam. Schließlich waren in diesen sonderbaren Zeiten die Cafés und Restaurants geschlossen und ich empfand bereits ein leichtes Hungergefühl.

Als ich das Haus betrat, spürte ich, dass etwas nicht stimmte. Ein untrügliches Gefühl war mit einem Mal vorhanden. Zunächst konnte ich nicht sagen, woran das lag. Erst als ich Cynthias

Schlüssel am Haken bemerkte, sie also zuhause sein musste und ich dennoch nichts von ihr hörte, vermutete ich, dass dies der Grund für mein Unbehagen war. „Hallo", rief ich und empfand den Klang der eigenen Stimme als äußerst künstlich. Ich kam mir lächerlich vor und machte mich auf die Suche nach Cynthia. Obwohl ich sie nirgends entdeckte und irgendwann nur noch das Schlafzimmer übrigblieb, war ich mir immer noch nicht sicher. Noch dachte ich, sie wäre vielleicht krank, hätte Fieber oder hielte „außerplanmäßig" – ich fand das Wort noch lustig, als es mir in den Sinn kam – aus lauter Langeweile einen Mittagsschlaf, was sie sonst nie tat. Ich war nicht einmal überrascht, als ich sie mit Ismar in unserem Bett antraf.

„Hallo Clemens", begrüßte mich Ismar leger, dessen Oberkörper bis zur Höhe des Solarplexus von der Bettdecke verhüllt wurde. Wie bleich seine Haut war.

„Warum bist du schon zurück?", frage Cynthia vorwurfsvoll, als wäre es meine Schuld, dass es zu dieser Situation kam.

„Ich glaube nicht, dass dies jetzt die richtige Frage ist."

War ich überrascht? War ich verletzt? Vor allem fragte ich mich, warum ich Cynthia jahrelang treu geblieben war. Deshalb war meine erste Frage: „Seit wann habt ihr ein Verhältnis?"

Cynthia schwieg. Ich erkannte ihr Verhalten nicht wieder. Sie verweigerte schlicht und einfach die Antwort.

„Wir wollen ehrlich sein", sagte Ismar.

„Seit eineinhalb Jahren", gestand daraufhin Cynthia.

Eineinhalb Jahre – und ich Idiot hatte mir jegliche Affäre untersagt. Das ärgerte mich mehr als der Betrug. Dass ich mich eingeschränkt und sie Sex gehabt hatte.

„Das habt ihr bestens geheim gehalten."

„Es wäre auch weiterhin gut gegangen, hätten nicht die Hotels geschlossen", meinte Ismar und es klang fast so, als wäre es die Schuld der Hotels, dass sie eine Affäre hatten.

„Jetzt schau nicht so. Im Grunde nehme ich dir ja nichts weg. Zwischen uns läuft seit Tag und Jahr nichts mehr", sagte Cynthia in dem ihr eigenen, altbekannten und selbstsicheren Tonfall.

„Wir können nachher den Wein, den ich mitgebracht habe, zu dritt trinken. Wir tun einfach so, als wäre das nichts Besonderes. In der Pariser Gesellschaft war es früher normal, einen Liebhaber oder eine Liebhaberin zu haben. Die gingen geschickter mit den Ermüdungserscheinungen einer langen Beziehung um", schwatzte Ismar gespielt leichtfertig daher.

„Weiß es Linda?", fragte ich ihn deshalb.

In diesem Moment verlor Ismar viel von seiner Selbstsicherheit, ich sah ihn erblassen und erkannte, dass er fieberhaft nach einer Antwort suchte.

„Nein", gestand er mit heiserer Stimme, „und das soll auch so bleiben."

„Soll es das?", fragte ich.

„Ich warne dich, Clemens. Mach jetzt keine Dummheiten!" Cynthia schlug ihren energischen Café-Chefin-Ton an, den sie, wenn es nicht lief, wie sie wollte, anwandte.

„Das habe ich jetzt nicht richtig verstanden. Wer macht hier die Dummheiten?"

„Ach Clemens, ich verstehe ja, dass du im ersten Moment keine Jubelschreie ausstößt."

Cynthia hob die Bettdecke an, sprang nackt aus dem Bett, legte ihren Seidenkimono an und meinte zu mir: „Komm bitte mit."

Wir gingen in die Küche. Dort versuchte sie, mich zu überzeugen. Sie meinte, mir würde doch nichts fehlen, ich könne so oft mit ihr schlafen, wie ich wolle. Vielleicht würde das Ganze sogar unsere Beziehung wiederbeleben. Im Grunde verlöre ich nichts und sie hätte eine Ergänzung, die sie dringend benötige – und gerade das würde auch unsere Beziehung am Leben halten. Ismar sei eben ein ganz anderer Typ als ich. Nicht besser, aber anders. Eine Ergänzung, kein Ersatz.

„Dann kann ich mir ja auch eine Liebhaberin suchen."

„Nein", widersprach Cynthia unmittelbar, „schließlich verdiene ich das Geld und habe dadurch einen gewissen Anspruch auf Entspannung. Die hast du bei deiner Lebensweise nicht nötig."

Cynthia fand immer Argumente. Hätte ich widersprochen, hätte sie andere Gründe angeführt. Sie gab nie auf, bis sie hatte, was sie wollte. Das war der Unterschied zwischen uns. Ich kämpfte nie energisch genug für meine Belange. Es war mir wohl nicht so wichtig. Oder war es das, was ich aus meinem Elternhaus mitbekommen hatte? Mein Vater war ein nachgiebiger Mensch gewesen, der nie großen Ehrgeiz gezeigt hatte. Er und ich waren fast ein wenig wie Oblomow, jener Protagonist aus Gontscharows Roman, der die ersten hundertfünfzig Seiten nicht aus dem Bett kommt und am Ende aus Bequemlichkeit seine Haushälterin heiratet, statt die Frau, die er liebt. Ich erinnerte mich daran, wie ich als Junge Eimer auf dem Dachboden aufstellte, während es zum undichten Giebel hereinregnete und Vater biertrinkend im Fernsehsehsessel versumpfte.

Ismar betrat, immerhin angezogen, die Küche, holte den Weißwein, den er mitgebracht hatte, aus dem Kühlschrank und stellte drei Gläser auf die Anrichte. Mit wachsendem Staunen sah ich zu, wie ich vom Liebhaber meiner Partnerin bewirtet wurde. Als zwei Gläser gefüllt waren, sagte ich: „Danke, nicht für mich." Ich verließ die Küche und ging zu dem Schrank am Ende des Flurs, in dem ich meine alten Sachen aufbewahrte. Ich zog meinen Wanderrucksack hervor und stopfte einen kleinen Schlafsack hinein, zog einen Pullover über das Hemd und schlüpfte in meine karierte Holzfällerjacke.

Cynthia war mir gefolgt: „Jetzt siehst du aus wie Lumberjack. Ismar! Komm! Das musst du sehen."

Ismar kam und konnte sich das Grinsen nicht verkneifen: „Willst du nach Alaska auswandern?"

Sie prusteten los und Ismar reichte seiner Geliebten elegant ein gut gefülltes Weißweinglas.

„Willst du ausziehen, mein armer Liebling?", fragte verständnisinnig jene Frau, die mich nach Strich und Faden betrog.

„So ähnlich."

„Jetzt bitte keine Überreaktion", wechselte Cynthia den Tonfall. „Du kannst doch auch einfach bleiben. Es liegt ganz an dir."

Da ich ungerührt weiter packte und nicht auf sie einging, meinte sie: „Wenn du jetzt gehst, erwarte ich dich nicht vor morgen früh zurück."

„Keine Sorge", sagte ich und war entschlossen, nicht mehr zurückzukommen. Obwohl ich keine Ahnung hatte, wohin ich gehen konnte.

„Nimm es doch nicht so schwer, das kommt in den besten Familien vor. Wir gehen einfach ganz offen damit um", schlug Cynthia einen versöhnlichen Ton an.

„Offenheit finde ich gut, aber dann müssen wir, wie gesagt, es auch Linda sagen. Soll ich das übernehmen?"

Ismar wurde erneut ganz blass. Ich nutzte den Moment, bevor sie wieder über mich herfallen konnten, denn inzwischen hatte ich den Verdacht, dass ihr größtes, gemeinsames Vergnügen darin bestand, mich zu demütigen. Diese Gelegenheit wollte ich ihnen nicht länger bieten. Hinter mir fiel die Haustüre satt und sanft ins Schloss. Vielleicht höre ich diesen Klang das letzte Mal. Wie lange hatte ich in Cynthias Haus gelebt? Elf lange Jahre. Einige davon mehr oder weniger unglücklich.

Schon stand ich auf der Straße. Obwohl ich die Wege hier schon tausendmal entlanggegangen war, erschien diesmal alles anders. Nun war da kein Haus mehr, welches mir Unterschlupf bot.

Die ersten Fragen nach dem überstürzten Abgang drängten sich auf: Wo würde ich ein Badezimmer benützen können, eine saubere Toilette finden und mich zum Schlafen hinlegen?

Auf einer Bank am Rand des Stadtgartens mit guter Sicht auf den Obersee ließ ich mich nieder und fragte mich, wie es soweit hatte kommen können. Ich hatte auf meinen Brotberuf verzichtet, als Cynthia mir damals anbot, dass ich daheimbleiben könne, um zu schreiben. Ich müsse nicht länger als Ingenieur arbeiten, sie würde mit ihren Cafés mehr als genug für uns beide verdienen. Wir hatten aus irgendeinem Grund jedoch nie geheiratet.

Ich kam nicht umhin, mir einzugestehen, dass ich ein in allen Bereichen gescheiterter Mensch war: Ich hatte weder einen Job noch ein Zuhause, geschweige denn eine Partnerin. Innerhalb von ein paar Minuten hatte ich alles aufgegeben. Hätte ich bleiben und die Situation akzeptieren sollen, bis ich auf eigenen Beinen stehen konnte? Es wäre sicherer gewesen. Aber dazu war ich zu verletzt und empört. Also saß ich hier und starrte wütend die schöne Kulisse an. Dort drüben lockte die nahe Schweiz und irgendwo ganz da unten lag Österreich. Derzeit unerreichbare Regionen.

Warum hatte Cynthia mich nicht schon früher rausgeworfen? Ich konnte nur mutmaßen. Vielleicht weil Ismar nicht frei war. Hätte sie mich gebeten zu gehen, wenn er frei gewesen wäre? Solange ihr Geliebter verheiratet und durch ein Kind an seine Frau gebunden war, fand es Cynthia womöglich gut, einen Mann im Haus zu haben. Sonst wäre sie nur die Geliebte. Zudem wollte sie nicht alleine leben, das hatte sie jedenfalls früher immer betont. Bisher war ich wohl eine annehmbare Alternative gewesen.

Ich erinnerte mich wehmütig daran, dass ich einst um die Welt reisen wollte. Verliebt, aber auch bequem und durchaus etwas feige war ich in Cynthias goldenem Käfig gelandet und hatte mich mehr oder weniger darin einsperren lassen. Ein wichtiger Grund, auf ihr großzügiges Angebot einzugehen, statt als Ingenieur erst einmal ausreichend Geld zu verdienen, war meine unstillbare Sehnsucht, zu schreiben. Im Grunde hatte ich für die Literatur mein eigenständiges Leben aufgegeben. Damals war ich dreißig Jahre alt und hatte ein Jahr zuvor das Studium abgeschlossen. Im Rahmen des Studiums hatte ich eineinhalb Jahre im Ausland verbracht und beabsichtigte daraufhin, um die Welt zu reisen. Durch den Hinweis eines ehemaligen Kommilitonen fand ich eine Stelle als weltweit tätiger Service-

Ingenieur. So begann ich, Anlagen in Betrieb zu nehmen, Schulungen zu geben und Abnahmen durchzuführen. Das Wichtigste dabei war, zu reisen. Während ich in der Firma verschiedene Ausbildungsphasen durchlief, von Trainerausbildungen über Bauleiterschulungen bis zum Interkulturellen Training oder Claim Management, lernte ich Cynthia kennen.

Ständig schwärmte ich ihr vor, reisen zu wollen. Cynthia gab vor, auch gerne unterwegs zu sein. Aber sie hatte damals gerade das erste von den vier Cafés ihrer Eltern übernommen. Wir wurden ein Liebespaar, ich trat meine ersten Dienstreisen an, kleinere Einsätze in Deutschland, die überwiegend noch der Ausbildung dienten. Es folgte ein zweiwöchiger Einsatz in Schweden, was sich noch ganz gut verkraften ließ, aber dann wurde ich nach China gesandt. Dreieinhalb Monate später kehrte ich zurück. Es war für uns beide schrecklich gewesen, so lange getrennt zu sein. Dazu kam, dass mir die Zeit in China, im Gegensatz zu meinen früheren faszinierenden Auslandsaufenthalten, nicht sonderlich behagt hatte. Ich hatte in einer nördlich gelegenen Provinzstadt im Winter gearbeitet. Dort war es bitterkalt gewesen und ich hatte nur wenige Menschen getroffen, die Englisch sprachen. Also war ich außerhalb meiner Arbeit ziemlich isoliert gewesen, konnte wenig unternehmen und lief wie der Mann im Mond allein umher. Das gute, alte, herrliche Reisegefühl hatte sich diesmal nicht eingestellt. Wie froh war ich gewesen, wieder bei Cynthia zu sein. Zudem kam ich krank zurück und nach einigen Tagen unterbreitete mir Cynthia folgendes Angebot: „Bleib bei mir. Du willst doch schreiben. Ich kann auch für zwei sorgen. Du kannst schreiben und musst dich nicht ums Geldverdienen kümmern. Reisen können wir auch zusammen, und zwar wohin wir wollen und nicht, wohin deine Firma dich schickt. Sonst *reaktiviere*", sie benützte wirklich dieses Wort, „ich meinen Ex. Er steht sofort auf der Matte und nimmt solch ein Angebot mit Handkuss an. Aber ich will dich."

Daraufhin kündigte ich, zog bei Cynthia ein und wir waren eine Zeit lang ziemlich glücklich miteinander. Wann sich das geändert und wie sich unser Glück schleichend verflüchtigt hatte, ist im Nachhinein schwer zu sagen. Damals fand ich ihre deutliche und direkte Art, Themen anzusprechen, bewundernswert – später erschien diese mir grässlich. Erstaunlich, dass man irgendwann hasst, was man einst so liebte – oder zu lieben glaubte.

Ich hatte doch so viel vorgehabt. Wieso hatte ich all die Jahre vermieden, daran zu denken? Warum begrub ich damals so schnell meine Träume? Früher bedeutete mir der erste kühle

Hauch in einer anfänglich warmen Nacht, wie jetzt hier auf dieser Bank, noch etwas. Und heute: War ich im Lauf der Jahre wirklich so abgestumpft? Jedenfalls war mir alles misslungen. Deshalb stand ich auf der Straße. Höchste Zeit für einen Neuanfang. Nur wo bot sich eine Gelegenheit? Wohin sollte ich gehen?

Die Dämmerung setzte ein und schon nahm die blaue Stunde die Welt in ihre romantischen Arme. Währenddessen wurde es jedoch auf meiner Bank am See zunehmend kalt. Die Tage waren außergewöhnlich warm gewesen, aber die Nächte kühl. Inzwischen war klar, dass es nicht einfach sein würde, eine ganze Nacht draußen durchzuhalten. Wie lange saß ich schon auf dieser Bank? Irgendwann würde ich müde werden. Ich überlegte, ob ich durch die Nacht wandern könnte, um mich warm zu halten und hier draußen etwas zu tun zu haben. Zuhause ist immer irgendetwas, mit dem man sich beschäftigt. Aber was konnte man nachts und draußen machen, wenn alles geschlossen hatte? Zweifelsohne war die Welt aus dem Tritt gekommen und ich im falschen Moment aus dem Nest geflogen.

Ich könnte meinen mehrstündigen Spaziergang antreten. Aber danach würde es noch kälter und ich todmüde sein. In diesem Moment kam das erste Mal der Gedanke auf, zurückzugehen und mir all die Unannehmlichkeiten zu ersparen: Ich schleiche mich einfach ins Haus, ohne dass Cynthia es bemerkt, und schlafe auf dem Sofa. Aber wenn Ismar noch da ist! Wenn sie gerade Sex haben! Womöglich müsste ich sogar klingeln, weil Cynthia nach meinem Abgang den Schlüssel im Schloss hatte stecken lassen. So verfuhr sie jeden Abend, wenn wir zuhause waren. Falls Ismar nicht mehr da war und Cynthia mich hereinließe – sollte ich mich dann etwa in das Bett legen, in dem sie Sex gehabt hatten? Würden sie sich künftig jeden Tag darin wälzen? Sollte dies von nun an zum akzeptierten Normalzustand erhoben werden? Nein, nein und nochmals nein!

Wenn ich nur den Schlüssel zu einem von Cynthias Cafés hätte. Eines Nachts war ich mit den verrückten Freunden aus meiner Studienzeit auf einem nächtlichen Streifzug, als alles geschlossen hatte, in einem von Cynthias Cafés gelandet. Am nächsten Morgen waren wir von der Kellnerin, die das Café auf die Öffnung vorbereiten wollte, überrascht worden. Cynthia kam, bevor die Spuren unseres bis in den Morgen ausgedehnten, geschwätzigen Trinkens beseitigt waren. Daraufhin hatte Cynthia mir den Schlüssel abgenommen und ich hatte ihn nie wiederbekommen. Welch dauerhafte Demütigung.

Trotzig beschloss ich, lieber die ganze Nacht umherzugehen. Mir zogen die Gedanken kunterbunt und flatterhaft durchs verwirrte Gemüt: Tagsüber würde die Sonne zurückkommen und frühmorgens würde ich mir einen brühend heißen Kaffee beim Bäcker gönnen. Deren Läden öffnen hoffentlich auch in diesen Zeiten früh. Mit einem Kaffeebecher in der Hand würde die Welt ganz anders aussehen als hier auf der kalten Bank. Auch ein Kaffee würde wieder etwas Besonderes sein, das ich zu schätzen wissen würde und auf das ich mich wirklich freuen konnte. Die Zeiten, in denen ich über alles jederzeit frei verfügen konnte, waren wohl endgültig vorbei.

Wenn ich eine Nacht ausbliebe, würde Cynthia beunruhigt sein. Schließlich waren die Hotels geschlossen. Geschieht ihr ganz recht, dachte ich und zweifelte im nächsten Moment daran, dass Cynthia wegen mir beunruhigt sein könnte. Früher ja, heute nein. Zu Anfang unserer Beziehung war sie besorgt gewesen, dass der Kaffee zu heiß sei und all diese kleinen Dinge. Die Zärtlichkeit und der Zauber des Beginns! Wie wir zusammen gebadet hatten. Wie viele Jahre lag das zurück? Wenn ich jetzt zu Cynthia ginge, wenn ich jemals umkehren und ihr Liebesleben in unserer Wohnung akzeptieren würde, könnte ich mir nicht mehr in die Augen sehen. Und wenn Cynthia und Ismar am Virus erkranken? Sich womöglich bereits irgendwo angesteckt hatten? Ismar hat einen kleinen Sohn und der spielt mit anderen Kindern und diese bringen doch ständig Krankheiten mit nach Hause. Beide werden schwer krank, fantasierte ich, Ismar stirbt und Cynthia liegt isoliert im Krankenhaus, wird künstlich beatmet und denkt darüber nach, was sie falsch gemacht hat.

Was für idiotische Gedankenspiele! Es war weitaus wahrscheinlicher, dass Cynthia die Türschlösser auswechseln ließ und mir die Rückkehr verweigerte. Gibt es freie Notunterkünfte? Stehen diese auch betrogenen Partnern zur Verfügung, die aus der Wohnung geflogen sind? Ich hatte unlängst gehört, dass die Häuser, in die misshandelte Frauen flüchten können, überbelegt seien und zusätzlich Ferienwohnungen angemietet würden.

Wie schnell sich so ein Übergang vollzieht! Gerade befand ich mich noch in einer gesicherten Lebenssituation und stand im nächsten Augenblick mittellos auf der Straße. Damit hatte ich nicht gerechnet. Hätte man mir das eine Woche zuvor gesagt, noch gestern, ich hätte darüber gelacht und mich weiter wohlig in meiner satten Existenz gerekelt, bequem meinen literarischen Spitzfindigkeiten gefrönt und die harte Realität anderen überlassen. Eigentlich geschah es mir ganz recht, dass mir das Leben einen Stoß versetzte und mich mitten in der Nacht auf die Straße stieß. Damit hatte wahrscheinlich nicht einmal Cynthia gerechnet, dass ich ernst machen und wirklich gehen würde – denn ich hatte keinen Zufluchtsort.

Wohin mit mir, überlegte ich zum wiederholten Mal. Mir fiel kein enger Freund ein, an den ich mich wenden konnte. Es gab viele Leute, die ich in der Stadt traf und grüßte. Oft blieb man stehen und unterhielt sich. Aber waren dies echte Freundschaften? Wohl kaum. Wahrscheinlich erschien ich anderen als langweilig, weil ich so viel las. Wen interessieren noch Bücher? Gerade die klassische Literatur gehört zu einer stagnierenden Gattung im digitalen Zeitalter. Zudem neigen Männer ab einem gewissen Alter dazu, sich im privaten Bereich kaum mehr zu engagieren, und sich immer mehr zurückzuziehen. Als ich die Liste meiner ehemaligen Freunde im Geiste durchging, stellte ich fest, dass inzwischen auch der hartnäckigste Junggeselle eine feste Partnerin hatte. Ob die jeweilige Beziehung nun glücklich war oder nicht, war eine andere Frage. Sie waren

nach und nach alle von der Bildfläche verschwunden. Genau das Gleiche war mit mir passiert. Das soziale Leben organisierten hauptsäch-
lich die Frauen und die Männer wurden zu haus-
schuhtragenden Anhängseln.

Die Verschwörungstheoretiker

Als der erste Stern zu sehen war, verstand ich
endlich, warum mir niemand in den Sinn kam, zu
dem ich gehen konnte. Ich wollte nicht bei
Freunden klingeln und gestehen, dass ich bei
Cynthia Hals über Kopf ausgezogen war, weil sie
einen Liebhaber hatte. Wieso überhaupt die
Wahrheit berichten? Stattdessen könnte ich die
Erklärung für mein unerwartetes Auftauchen
allgemein halten, einen heftigen Streit zwischen
Cynthia und mir anführen und erwähnen, dass es
gerade nicht funktioniere mit der Beziehung. Die
derzeitige Krise bot den besten Grund: Wir hätten, da wir nun ständig zusammen seien, es zuhause nicht mehr miteinander ausgehalten. Sobald ich die Ausreden im Kopf formuliert hatte,
kam mir ein befreundetes Ehepaar in den Sinn.
Knut kannte ich seit einigen Jahren. Wir hatten
früher viel unternommen und waren oft in den
nahen Schweizer Bergen gewandert.

Nervös stand ich vor ihrer Tür und fragte mich, ob sie mich aufnehmen würden und ob ich nicht ziemlich ungelegen kam. Es war schon recht spät. Keine gute Zeit, um irgendwo unangemeldet zu läuten. „Natürlich, komm rein", sagte Knut, nachdem ich mein erklärendes Sprüchlein hervorgestottert hatte. Er tat so, als interessierten ihn meine peinlichen Begründungen nicht, stattdessen schien er angenehm überrascht, mich zu sehen. „Wahre Freunde erkennt man daran, dass sie einem helfen, wenn man mitten in der Nacht vor ihrer Tür steht", versuchte ich, ihm zu danken. „Du, ich freue mich, dich zu sehen. Das ist ja schließlich eine ganze Weile her, seit wir das letzte Mal etwas zusammen gemacht haben. Wir haben Gäste im Haus, haben gerade gegessen, sitzen beim Wein und sind mitten in einer höchst interessanten Diskussion."

Ich bewundere Menschen, die aufwendige Gerichte zubereiten, um Freunde einzuladen, dafür halbe Tage in der Küche verbringen und sich fröhlich der Planung und Vorbereitung solcher Angelegenheiten widmen.

Als ich das gemütliche Wohn-Esszimmer betrat, wunderte ich mich, wie viele Leute um den langen Tisch versammelt waren. Das Stühlerücken begann und es wurde ein Platz für mich geschaffen. Sofort erinnerte ich mich an die Abstandsregeln, als mein Sitznachbar mir demonstrativ die Hand zur Begrüßung entgegenstreckte. Ich entschuldigte mich und erklärte, dass ich derzeit nicht einmal dem engsten Freund die Hand geben würde. Die illustre Runde, in der gerade noch kreuz und quer durcheinandergeredet wurde, verstummte für einen Moment, alle hoben die Köpfe und schauten mich verwundert an. Fiel ich gleich zu Anfang negativ auf, weil ich den Handschlag verweigert hatte?

Zunächst war ich nur froh, im Warmen und freundlich, sogar geradezu herzlich aufgenommen worden zu sein. Mein Wohlgefühl steigerte sich ins Unendliche, als die Gastgeberin, nachdem sie gesagt hatte: „Es ist noch genug da, wenn du hungrig bist", ohne die Antwort abzuwarten, in der Küche verschwand, um mit einem gefüllten Teller zurückzukommen. Es duftete herrlich und im Nu stand ein gefülltes Rotweinglas vor mir. Ich kam mir vor wie im Paradies – und all dies, nur weil ich ein paar Stunden heimat- und obdachlos gewesen war. Was für ein verwöhntes Kerlchen ich doch im Grunde war! Danach war ich, während ich gezwungenermaßen den Gesprächen lauschte, froh, dass ich vorgeben konnte, mit Essen beschäftigt zu sein. Freudestrahlend nahm ich das Angebot an, als ich nach einer zweiten Portion gefragt wurde, und ließ mir nochmals den Teller füllen.

„Unsere Obersten alles tun zu lassen, ohne zu hinterfragen, könnte gefährlich werden", sagte ein Bärtiger mit Glatzkopf am anderen Ende des Tisches. Daraufhin diskutierten sie erneut angeregt miteinander. Ich schnappte hier und da einen Satz auf, beugte mich immer tiefer über meinen Teller und fragte mich, in was für eine Gesellschaft ich da hineingeraten war. Dennoch fühlte ich mich nach dem ausgezeichneten Essen und mit dem köstlichen Rotwein so außerordentlich wohl, dass ich den heftigen Wunsch verspürte, meinen Platz an diesem Tisch nie verlassen zu müssen. Immer wieder fragte ich mich, ob sie erwarten, dass ich mich auf ihre Art am Gespräch beteilige.

„Das einzig Richtige ist: Wir brauchen vorgezogene Neuwahlen", meinte eine Frau, die ein beiges Hemd trug, das mit unzähligen dunkelblauen Blättern bedruckt war.

„Mal schauen, wie sich der Widerstand 2020 bis dahin entwickelt", sagte Knut und hob den Zeigefinger.

„Könnte interessant werden", brummte der Bärtige.

„Also ich merke einfach ganz stark, dass meine Kinder andere Kinder brauchen. Kinder vereinsamen sonst. Aber darüber redet ja derzeit keiner", sagte die Blätterhemdfrau.

„Jedenfalls muss Bill Gates gestoppt werden. Jemand muss sein Vorhaben vereiteln", mahnte ein spindeldürrer Kerl, dessen graue Korkenzieherlocken in alle Himmelsrichtungen abstanden.

„Der wollte schon immer die Weltherrschaft. Mit weniger gibt der sich nicht zufrieden. Was für eine clevere Idee, dieses Vorhaben hinter einer angeblich wohlfeilen Stiftung zu verbergen", führte Knut aus.

Knuts Ehefrau Karin sah mich in diesem Moment an und verdrehte die Augen, als wolle sie mir zu verstehen geben, dass auch sie dieses Gerede schrecklich finde.

„Wenn ich das schon höre. Die haben tatsächlich überlegt, eine Impfpflicht einzuführen. Allein dieses Wort: Impfpflicht. Welches Wort hat schon zwei *pf* hintereinander. Das ist doch äußerst merkwürdig", mutmaßte der Korkenzieherlockenmann.

„Ich empfinde es ganz einfach so, dass wir ein kollektives Trauma erleben", klagte die Blätterhemdfrau.

„Ich bin der Meinung, dass wir es wie die Schweden machen sollten. Die sind bekanntlich auch nicht doof", sagte einer mit gelbem Hemd und gelbem Stirnband, der bisher geschwiegen hatte.

„Das nicht, aber den Menschen wird hierzulande verboten, selbst zu denken. Das dürfen wir nicht vergessen", erinnerte Knut.

„Es sterben übrigens mehr Menschen an den wirtschaftlichen Folgen als am Virus selbst", klärte der Gelblastige auf.

„Und Clemens – was meinst du dazu?", fragte Knut mitten in diesem Wirrwarr an Meinungen, wandte sich mir zu und lächelte mich freundlich an. Als das Wort abrupt an mich gerichtet wurde, erschrak ich. Ich hatte mich sicher gefühlt. Wohlig in den Freischwinger gelehnt, hatte ich mit wachsendem Erstaunen zugehört. Gleichzeitig fühlte ich mich sehr behaglich in dieser Runde, obwohl ich nicht verstand, worauf sie hinauswollten. Vielleicht wussten sie das ja selbst noch nicht und trugen erst einmal die verschiedenen Argumente zusammen. Es schienen alles liebe Menschen zu sein, ihre Meinungen vielleicht etwas weit hergeholt, aber im Grunde war mir egal, was sie dachten, solange sie niemandem damit schadeten.

„Also ich weiß nicht. Bisher habe ich mich nicht intensiv mit dem Ganzen beschäftigt. Eigentlich habe ich geglaubt, dass unsere Presse überwiegend, jedenfalls die seriösen Anstalten,

eine gute Arbeit machen und gründlich recherchieren. Gerade das Radioprogramm finde ich
hierzulande ganz gut. Es kommt mir jedoch so
vor, als wissen sie in diesem frühen Stadium noch
recht wenig. Erstaunlich viel basiert auf Vermu-
tungen."

Mit einem Mal war ich der Aufmerksamkeit
der Gruppe gewiss, die ich jedoch gar nicht haben wollte.

„Aber Clemens. Schau mal", sagte eine, die ein
mit kleinen silbernen Sternen übersätes nacht-
blaues Kopftuch umgebunden hatte. „Etwa diese
WHO. Das ist doch eine komplett unseriöse Ver-
einigung, die unter dem Einfluss einzelner Staaten
steht. Mehr werde ich dazu jetzt nicht sagen."

Vielleicht konnte ich das Ganze in ein anderes
Fahrwasser leiten: „Ich würde eher über die von
Kurzarbeit Betroffenen reden, denen das Geld
nicht reicht, weil sie kein hohes Einkommen haben. Oder über die Arbeiter im Einzelhandel, die
Lkw-Fahrer, die Menschen im Gesundheitsdienst
– all diese Unterbezahlten werden derzeit zu Hel-
den erklärt – aber wird sich jemals grundlegend
etwas an ihrer Arbeits- und Einkommenssituation
ändern? Und wer wird in einem halben Jahr noch
über sie und ihre Lage sprechen? Wir sitzen hier
und reden, was nichts bringt – außer uns zu unterhalten und die Zeit an diesem Abend zu ver-

treiben. Aber denkt und fühlt jemand mit denjenigen, die gerade feststellen, dass sie Fieber haben? Wer denkt an die armen Alten, die keine Besuche mehr empfangen dürfen? Wer leidet mit jenen, die wirtschaftlich ruiniert oder psychisch angegriffen sind? Gestern habe ich beim Einkaufen eine total verängstigte Verkäuferin gesehen, die verzagt hinter durchsichtigen Kunststoffwänden stand. Wahrscheinlich wäre sie lieber zuhause geblieben. Aber in manchen Berufen geht das nicht. Obwohl sie unterbezahlt sind, sind sie systemrelevant. Was für ein Widerspruch."

Statt darauf einzugehen, was ich gesagt hatte, meinte der Bärtige: „Also ich frage mich, woher die da oben die Zahlen haben, die sie ungeniert herausposaunen und mit denen sie ihre angeblich fürsorglichen Maßnahmen begründen."

„Was für eine Inszenierung!", rief die Sternenkopftuchfrau aus, die neben dem Bärtigen saß und ich fragte mich, ob sie seine Partnerin ist. Sie ließ den Satz im Raum stehen, der alles erklären sollte und fragte dann: „Meinst du nicht auch, Clemens?"

Vielleicht fragte sie mich das nur, weil einen Augenblick lang niemand etwas sagte. Am liebsten hätte ich geschwiegen. Da mich alle ansahen, sagte ich: „Wow! Tatsächlich?! Interessant! Das wusste ich nicht."

Ich hoffte, dass endlich der vorige, wild gemischte Redefluss weitergehen würde – und zwar ohne meine Teilhabe. Ich nahm mir fest vor, mich von nun an als unwissend auszugeben und nur noch ab und zu „Aha" oder „Nein wirklich?" zu sagen.

Aber schon wandte sich Knut mir erneut zu: „Zurück zu dem, was du da vorhin gesagt hast. Also dein Glaube in unsere Presse in allen Ehren, aber eines ist doch wohl klar, dass das Fake News sind", kommentierte mein Gastgeber und ich meinte, einen kritischen Unterton herauszuhören.

„Ja, ja", stimmte ich ihm vage zu und überlegte fieberhaft, was ich sagen konnte, um ihn zu besänftigen. Jemand schenkt mir Rotwein nach, ich hatte schon mehrfach mein Glas ausgetrunken, weil ich das Gefühl hatte, mich entspannen zu müssen und weil der Rotwein exzellent war.

„Also manche Länder, ich will da jetzt keine Namen nennen, liefern die Zahlen, die sie liefern wollen. Die überlegen, welche Wahrheit sie zu verbreiten beabsichtigen und daran werden die Fakten ausgerichtet. Wenn sie sagen, die Epidemie sei unter Kontrolle, es gäbe keine neuen Ansteckungen, kann vielleicht genau das Gegenteil der Fall sein. Für Falschaussagen haben sie natürlich irgendeinen Grund: Wenn sie die Wirtschaft wieder hochfahren wollen, dann heißt es eben, es gäbe keine neuen Ansteckungen, das Virus sei unter Kontrolle. Alle gegenteiligen Informationen im Internet werden gelöscht. Blogger, die Fotos aus Krankenhäusern posten, die das Gegenteil belegen, machen sie mundtot."

„Aber es ist doch genau das Gegenteil der Fall, mein lieber Clemens", sagte mein Gastgeber. „Sie fahren die Wirtschaft und alles herunter, obwohl dieses mysteriöse Virus das überhaupt nicht rechtfertigt."

„Ja, ja. Natürlich", stimmte ich ihm vage zu. „Aber ist es nicht schwierig, zwischen wahr und falsch zu unterscheiden? Jeder Fünfte in Deutschland soll ja bereits irgendeiner Verschwörungstheorie anhängen."

„Wie kommst du denn auf den Trip?", fragte Knut und schien zumindest leicht gereizt, womöglich sogar wütend zu sein: „Ich bin mir nicht sicher, ob du sagst, was du denkst. Oder einfach irgendetwas daherredest. Sag einfach, was du wirklich von der Sache hältst. Das ist immer das Beste."

Die Wahrheit. Welche Variante derselben? Der Wein zeigte seine Wirkung. Mit Entsetzen stellte ich fest, dass ich zu viel getrunken hatte und es mir schwerfiel, mich zu konzentrieren. Aber ich war dennoch froh, dass Knut meinen eigentlichen Standpunkt hören wollte.

„Also, was ich meine, ist, ich verstehe, dass die Menschen, die ein Geschäft haben, etwa ein Restaurant, denen nahezu sämtliche Einnahmen wegbrechen und die nicht mehr wissen, wie sie die laufenden Kosten bezahlen sollen, protestieren und einige Maßnahmen beanstanden. Viele Verschwörungstheoretiker hingegen leben offensichtlich in ihrer eigenen Welt. Sie haben keinen Grund, etwas zu kritisieren und tun es dennoch."

Knuts Gesichtsausdruck veranlasste mich hinzuzufügen: „Aber hier gehört meiner Meinung natürlich keiner zu denen."

„Hältst du die sogenannten Verschwörungstheoretiker wirklich für so naiv? Zudem verschwören wir uns gegen nichts, also passt der Begriff Verschwörungstheoretiker ganz und gar nicht."

„Also mit Verschwörungstheoretiker habe ich nicht euch gemeint. Ich hätte das Wort überhaupt nicht verwenden sollen. Sorry."

Knut richtete sich kerzengerade auf. Immerhin blieb er sitzen: „Verschwörungstheoretiker! Wenn ich das Wort nur höre! Das ist nichts als ihr nützliches Schlagwort, um uns mundtot zu machen! Um uns zu katalogisieren und in eine Schublade zu schieben, um sämtliche Kritiker, Anders- und Freidenkende, die sich ihr eigenes Urteil bilden, abzuurteilen, ja, zu bekämpfen. Und wie man an dir sieht, Clemens, gelingt es ihnen erstaunlich gut. Ich hätte etwas anderes von dir erwartet."

Mittlerweile war ich gekränkt und wenn ich gekränkt bin, reagiere ich manchmal aggressiv. Das ist etwas, das ich sehr schlecht kontrollieren kann, vor allem, wenn ich getrunken habe. Ich fühlte die Wut in mir aufsteigen und hatte keine Ahnung, welcher Teufel mich nun reiten würde. Aber ich konnte ihre selbstgefällig-systemkritische Diskussion, die im Ende zu nichts führte, nicht mehr hören. Das war mir schon den ganzen Abend so gegangen, aber ich hatte, um den lieben Frieden zu erhalten, und wegen eines Schlafplatzes, nichts gesagt und mich verstellt. Was war ich nur für ein Feigling! Knut war doch ein Freund. Er würde es aushalten, wenn ich ihm widersprach. Wahrscheinlich war das sowieso die bessere Strategie, zu sagen, was ich wirklich dachte. Wobei ich in solchen Fällen ein reiner Sprechdenker bin, der erst während des Redens entwickelt, was er sagt.

Unvermittelt legte ich los: „In diesem Moment erkenne ich es: Es ist alles Fake. Fake News. Auch hier in Deutschland. Natürlich: gerade hier in unserem vorbildlichen Land. Da läuft einiges schief. Sie teilen uns ihre Sicht der Dinge mit – und wer weiß schon, was davon wahr ist und was nicht. Die Politiker sitzen an den Schalthebeln und können verbreiten, was sie wollen. Es ist *ihr* Radio und *ihr* Fernsehen. Die Machthaber können uns alles erzählen und allerhand Wahrheiten verkaufen. Aber im Grunde wissen wir es doch alle." Hier machte ich eine bedeutsame Pause und betrachtete die Anwesenden, einen nach dem anderen, als wäre ich betroffen von der Erkenntnis, die mich gerade überkam. „Du wirst mir doch sicher zustimmen Knut, dass – Elvis lebt."

An dieser Stelle stieß Karin, die bisher geschwiegen hatte, ein gellendes Lachen aus. Sie wieherte geradezu, schrie ihr Lachen förmlich heraus und klopfte sich wild auf die Schenkel. So fröhlich und herzlich hatte ich schon lange niemanden mehr lachen hören. Knut sah seine Frau strafend an. Karin versuchte in mehreren Anläufen, was schwierig schien, ihr geradezu unmöglich war, weil sie so sehr lachte, sich für ihre Reaktion bei Knut zu entschuldigen. „Entschuldi… Hahahahaha … aber das … Hihihihi … diese … Hohoho … Oh, neiiiin." Sie setzte immer wieder an, etwas zu Knut zu sagen, aber das gewaltige Lachen hatte sie fest im Griff. Während alle abwechselnd Karin, Knut und mich anschauten und sahen, wie Karin den Kampf um ihre Selbstbeherrschung und gegen das Lachen verlor, welches sie nicht unterdrücken konnte, sah ich mit Entsetzen, dass sich die Wut in Knuts Gesicht festgesetzt hatte.

Als das Lachen von Karin nach Minuten abebbte, sie sporadisch nach Atem rang, kam es mir vor, als sei nichts lächerlicher als ich. Jegliches klare Urteilsvermögen hatte sich verflüchtigt. Inzwischen wusste ich, warum ich so schnell zu viel getrunken hatte: Um den Schock zu verdauen, ein gehörnter Mann zu sein.

„Entschuldige Knut, aber das war so lustig", meinte Karin, wischte sich Tränen aus den Augen und prostete allen zu. Ich hob verlegen grinsend mein Glas, trank es leer, um meiner Nervosität Herr zu werden. Was hatte ich nur gesagt? War ich wahnsinnig? Konnte ich nicht ein einziges Mal mein vorlautes Mundwerk halten?

„Clemens, ich danke dir für deine Offenheit, wenn es auch kompletter Blödsinn ist, was du von dir gibst. Ich hätte mehr von dir erwartet. Nun gut. Du bist zuhause rausgeflogen, hast bei uns Unterschlupf gesucht und gefunden und ich bin willens, meine Gäste gut zu behandeln. Aber ich halte dein Gerede für ziemlich verantwortungslos. Diese Falschinformationen von Regierungsseite sind durchaus eine ernste Sache. Wenn du das offensichtlich auch nicht verstehen willst."

„Natürlich. Knut, du hast völlig recht", in diesem Moment machte ich erneut eine lange Pause, um die bescheuerte Pointe vorzubereiten: „Aber vielleicht ist ja doch was dran an den Gerüchten, die immer wieder auftauchen. Womöglich spielte Elvis noch viele Jahre lang Gitarre und sein früher Tod war wirklich inszeniert. Ich weiß es nicht, aber ich kann mir vorstellen, dass der Tod vieler berühmter Menschen vorgetäuscht wurde, damit sie ein glückliches Leben als Privatpersonen führen konnten. Wer glaubt schon, dass all diese großartigen Menschen so früh gestorben sind? Sind ihre Leichen etwa je gefunden worden? Gerade ihr, so wie ihr drauf seid, müsstet mir jetzt zustimmen."

Nachdem ich ausgesprochen hatte und es unheimlich ruhig geworden war, niemand lachte mehr, nicht einmal Karin, sagte Knut: „Clemens, es tut mir leid, aber du hast ganz offensichtlich ein Problem. Man kann dir sicher helfen und Cynthia steht dir dabei bestimmt zur Seite. Aber mein lieber Clemens, heute Abend hast du es wirklich übertrieben. Das kommt daher, weil *du* nur noch in *deiner* eigenen Welt lebst und niemand *dich* mehr erreichen kann. Aber das ist nicht meine Aufgabe. Ich muss dich jetzt bitten – zu gehen. Schließlich wollen wir hier weiterhin konzentriert diskutieren."

Ich erschrak, hatte aber bereits, als ich redete, gewusst, was kommen würde. Warum hatte ich das nur getan? Weil ich noch von der Tatsache geschockt war, dass Cynthia und Ismar ein Verhältnis hatten? Weil ich im Grunde wütend und verletzt war und keine Energie mehr hatte, ihrem Geschwafel zuzuhören? Die Rolle eines passiven Zuhörers wäre mir noch möglich gewesen, aber sie hätten mich nicht nach meiner Meinung fragen dürfen. Ich stand auf, alle schauten mich wortlos an, nahm Rucksack und Jacke und zog die Wohnungstür hinter mir zu. Erstaunt, mich mitten in der Nacht auf der Straße wiederzufinden, stand ich da und schaute in den dunklen Himmel. Immerhin regnete es nicht. Der Besuch hatte mir ein paar Stunden Wärme, gutes Essen und köstlichen Wein verschafft. Die Vermutung drängte sich auf, dass ich alles falsch gemacht hatte, was falsch zu machen war. Vielleicht hätte ich meinen Stolz und Ärger, die Demütigung und Enttäuschung wegstecken sollen. Andere Menschen können so etwas besser als ich. Die nehmen sich nicht so wichtig und kommen leichter durchs Leben. Es half nichts, jegliche Erkenntnis kam zu spät: Es war kalt und ich begann, rasch zu gehen, von Lustwandeln, wie Goethe das Spazierengehen einst bezeichnet hatte, keine Spur.

Sarah

Wie ein Straßenköter streunte ich durch die Nacht und die unbequemen Fragen kehrten treu zurück: Ich war mutig und bin ausgezogen, aber wovon soll ich leben? Wo kann ich unterkommen? Wer gibt mir eine Wohnung? Wie bezahle ich die Miete? Muss ich Sozialhilfe beantragen? Soll ich in eine Notunterkunft für Obdachlose ziehen? Ich könnte mir so eine Unterkunft wenigstens einmal anschauen. Oder soll ich mich lieber von Cynthia und Ismar demütigen lassen?

Währenddessen gelangte ich vom Stadtteil Paradies in die Konstanzer Altstadt und sah keine Menschenseele. In normalen Zeiten wären Nachtschwärmer unterwegs gewesen. Da sich jedoch auch tagsüber so wenig Menschen, wie dies seit Jahrzehnten nicht mehr der Fall gewesen war, in der Stadt aufhielten, seit die meisten Geschäfte geschlossen hatten, waren die leeren Gassen nichts als eine logische Konsequenz des Ganzen. Sämtliche Kneipen und Restaurants waren leer und dunkel. Zum wiederholten Male erstaunte mich, wie schnell diese Veränderungen über uns hereingebrochen waren. Was für ein verrückter Zustand! Das hätte niemand geglaubt, wenn man es im Dezember letzten Jahres prophezeit hätte. Solche Situationen gab es bisher nur in Filmen oder Romanen – und inzwischen war dies unsere Realität und keiner wusste, wie es ausgehen würde.

Ich überquerte die Alte Rheinbrücke, stieg zur Seepromenade hinab und ging am Wasser entlang. Die prächtigen Steinhäuser schimmerten majestätisch im Licht der Straßenbeleuchtung. Vorbei am kleinen, wunderlichen Barleben-Hotel, am Casino, am Hotel Riva und am Yachthafen. Bevor ich den sandigen Weg betrat, der Richtung Hörnle führte, betrachtete ich die Villa Prym. Schließlich hatte Hans Prym die verbesserte Form des Druckknopfs erfunden und ich fragte mich, ob man sich einst von dem Geschäft mit Druckknöpfen solch eine prächtige Villa bauen oder kaufen konnte.

Unentschlossen durchquerte ich den kleinen Wald am Ufer, in dem der Mammutbaum steht, den ich bewundere, seit ich in Konstanz bin und der hoffentlich noch hier stehen wird, wenn ich einst die Stadt verlasse. Viele Spaziergänger auf ihrem Weg zum Konstanzer Horn haben diesen Baumriesen umarmt. Eine Frau kniete unterhalb des Weges am Ufer. Sie schwenkte etwas im Wasser, die helle Haut ihres Oberkörpers schimmerte im Mondlicht, der Streifen des BHs war ein weißes Band auf ihrem Rücken. Ich widerstand dem Impuls, mich davonzustehlen.

Was man erlebt, wenn man nicht im Bett liegt, sondern mitten in der Nacht draußen herumstreift. Kurz machte ich mir Sorgen um die Frau, die um diese Zeit allein unterwegs war. Beruhigend wirkte, dass Konstanz allgemein als eine sichere Stadt gilt. Ich setzte mich auf eine Bank und beschloss abzuwarten. Unterhalb der schmale Uferstreifen und über mir wölbte sich das weite, kuppelförmige Dach einer gewaltigen Hänge-Buche. Der Gedanke drängte sich unwillkürlich auf, dass diese auch Trauer-Buche genannt wird. Die Frau wrang etwas aus, das ein T-Shirt sein konnte, und schlenderte, ohne aufzusehen, in meine Richtung. Sie kam wohl auf meine Bank zu, weil man dort am leichtesten zum Uferweg emporsteigen kann. Als sie mich bemerkte, sagte ich rasch: „Entschuldigung, ich wollte Sie nicht erschrecken."

Ununterbrochen waren bis zu diesem Moment die gleichen Gedanken in meinem Kopf hin- und hergesprungen, wie die Lottozahlen in der Plexiglaskugel, ohne dass eine davon ihr Gefängnis verließ. *Ich darf nicht zurück*, dachte ich unentwegt, und fragte mich im nächsten Moment: *Wohin mit mir?*

Mit dem ersten Satz beendete die unbekannte Frau mein Gedankenkarussell.

„Sie haben eine angenehme Stimme", sagte sie. „Ich vertraue Ihnen."

„Oh! Vielen Dank. Das hat lange niemand mehr zu mir gesagt. Ich heiße Clemens."

„Sarah."

„Schöner Name."

Und so lernte ich in jener kleinmütigen Nacht der Verzweiflung Sarah kennen. Sie kletterte in der Mauerlücke empor, ich stand auf, streckte ihr die Hand entgegen und zog sie im nächsten Moment wieder zurück, weil man sich nicht die Hände geben sollte. Sarah hielt kurz inne und konnte mich aus nächster Nähe im fahlen nächtlichen Schimmer etwas besser wahrnehmen. Ich versuchte einen möglichst harmlosen Eindruck zu machen. Was konnte ich als fremder Mann sonst tun? Sarah kam auch ohne meine Hilfe zurecht und schwang sich leichtfüßig nach oben. Ich deutete einladend auf die Bank. Wir setzen uns, nicht gerade an die jeweiligen Enden der Bank, aber beinahe. Ich schob meinen Rucksack zwischen uns und sah ihr Gesicht nun deutlicher, bemerkte ein fast gänzlich zugeschwollenes Auge und dass beide Wangenknochen blaurot schimmerten. Sie stand auf und hängte ihr T-Shirt zum Trocknen an einen Ast. Die Flecken ließen sich offensichtlich ohne Seife nicht herauswaschen. Ich wollte mir nichts anmerken zu lassen: „Willst du etwas Warmes zum Anziehen?"

„Was hast du?"

„Also, ich habe sehr viel an, weil ich dachte, es könnte kalt werden."

„Ich soll anziehen, was du anhast?"

„Na ja, ich würde es vorher ausziehen."

Sarah lachte.

„Also dann gebe ich dir vielleicht mein Hemd."

Ich zog meine Jacke und den Pullover aus, knöpfte das Hemd auf und reichte es Sarah.

Sie zog es an. Das Hemd reichte ihr bis zu den Oberschenkeln und war ihr viel zu weit. Sarah war sehr schlank, geradezu mager.

Sie streckte die Arme zur Seite und stellte fest: „Das ist wie ein Kleid." Sie drehte sich zweimal um die eigene Achse.

Das erste Mal, seit ich Cynthia mit Ismar im Bett ertappt hatte, kam ein positives Gefühl auf. Was es ausmacht, jemanden zu treffen, der sich auch in einer miesen Lage befindet. Und Sarahs Schwierigkeiten schienen größer als meine. Seltsam, meine Situation hatte sich um keinen Deut gebessert und dennoch, seit ich mit Sarah redete, fühlte ich mich viel hoffnungsvoller. Zudem wollte ich ihr gegenüber zuversichtlich erscheinen.

„Wo kommst du um diese Zeit her?", fragte Sarah und schaute nicht mich an, sondern betrachtete die weit ausgespannte Oberfläche des Sees.

„Meine Partnerin betrügt mich. Sie ist gerade mit ihrem Liebhaber in unserer Wohnung. Die Hotels haben schließlich geschlossen. Eigentlich alles ganz logisch."

„Oh, das ist schlimm."

„Ach, es geht. Vielleicht ist es besser so – nur weiß ich nicht wohin."

„Bist du deshalb um diese Zeit hier?"

„Ja. Und du?"

Sie zuckte mit den Schultern.

„Du musst das nicht erzählen, wenn du nicht willst."

„Er hat keine andere."

Sarah schien angestrengt zu überlegen: „Ich würde dich gerne besser sehen. Hast du dein Handy dabei?"

Ich nickte.

„Dann schalte doch die Taschenlampe ein und zeig mir dein Gesicht, du kannst auch meines sehen. Aber bitte nicht erschrecken. Ist gerade kein schöner Anblick."

Ich leuchtete mich an. Sarah musterte mich lange.

Dann war ich an der Reihe, sie zu betrachten: Sie hatte rotblonde Haare, Sommersprossen, ein schmales Gesicht und große Augen. Natürlich sah ich jetzt deutlicher die roten und blauen Stellen. Sie erinnerte mich unwillkürlich-klischeehaft an ein verletztes Reh. Der Beschützerinstinkt stieg in mir auf wie eine Welle. Das war mir seit Jahren nicht passiert, wenn überhaupt jemals.

„Musstest du flüchten und hast deshalb nichts dabei?"

„Er tickte schon früher manchmal aus. Aber seit sie ihn nach Hause geschickt haben und das Geld nicht mehr ausreicht – immer öfter. Diesmal war es ganz schlimm … Ich hatte solche Angst, dass etwas kaputtgeht, bin rausgerannt, weg, nur weg und immer weiter … Ich weiß nicht einmal, wie ich hierhergekommen bin. Zurück gehe ich erst, wenn er schläft."

„Du willst zurück? Bist du sicher?"

„Was ist schon sicher? Er trinkt und trinkt und trinkt und schläft dann irgendwann ein. Meistens jedenfalls. Manchmal trinkt er immer weiter. Dann ist er völlig irre. Wenn ich mich einschließe, schlägt er Türen ein und zertrümmert alles – er kennt sich dann nicht mehr – und wird zu einem wilden, gemeinen und bösen Tier."

Sarah war offensichtlich in einer schwierigeren Lage als ich. Dann geschah etwas Seltsames. Innerhalb eines Momentes verwandelte sich Sarahs monoton-hoffnungslos leiernde Stimme in die eines sorglos-glücklichen Kindes, das sich ungemein über etwas freut.

„Aber morgen geh ich zur Demo."

„Zu welcher Demo?"

„Na welche wohl? Wo lebst du denn?"

„Ach so. Wofür oder eher – wogegen demonstrierst du?"

„Die stehlen unsere Grundrechte, einfach alles. Die Grenzen sind zu und die wollen uns gegen unseren Willen impfen." Sarah lachte fröhlich. „Und du fragst, wogegen wir demonstrieren. Du bist lustig. Das gefällt mir."

„Oh, danke, ich glaube, ich mag dich auch."

„Glaubst du?" Sarah kicherte. Sie erschien mir völlig verwandelt, wirkte geradezu heiter, was einen starken Gegensatz zu ihrem misshandelten Gesicht darstellte. Scheinbar hatte das in diesem Moment keine Bedeutung mehr für sie. Ihr Lachen, ihre Fröhlichkeit siegten. Jedenfalls vorläufig.

„Ich will ein Transparent machen, gleich morgen früh, hilfst du mir?"

„Ja. Warum nicht?"

„Lass uns einen Holzstab suchen und ein altes Plakat abreißen. Es gibt sowieso keine Veranstaltungen mehr. Die haben ja alles abgesagt und verboten, fehlt nur noch, dass sie uns verbieten. Wir brauchen einen Stift und dann schreiben wir etwas Besonderes auf das Plakat. Eine passende Parole. Die überlegen wir uns noch, sodass viele auf unser Plakat schauen und sagen: ‚Die haben da das Richtige stehen. Jetzt verstehe ich alles.‘ Das möchte ich machen. Du hilfst mir doch, nicht wahr?"

„Natürlich. Damit kann ich dich doch nicht alleine lassen. Willst du vielleicht meine Jacke, du zitterst ja?"

„Die ist mir doch viel zu groß."

„Das sieht um diese Zeit niemand. Zieh sie doch an, die wärmt richtig schön."

Sarah zog die Jacke über das Hemd, stand auf, posierte auf dem Mäuerchen, mit dem nächtlichen See als Hintergrundkulisse.

„Und wie steht sie mir?"

Sarah trippelte auf der Mauer hin und her. Mit einem Mal hatte sie den Charme einer kindlichen, sorglosen, jungen Frau. Ihre Wandlungsfähigkeit erstaunte mich.

„Steht dir gut. Was für ein schöner Kontrast."

Eine zerbrechliche Frau trug meine dicke Holzfällerjacke. Was Cynthia und Ismar jetzt sagen würden? Würden sie mich weiterhin als Lumberjack verspotten? Ich hörte für einen Moment ihr hämisches Lachen und konzentrierte mich auf Sarah. Sie hatte in dieser kurzen Zeit viel in mein Leben gebracht, das mir gefiel.

„Die ist bequem."

„Es ist eher so eine Art Holzfällerjacke, ich wusste ja nicht, dass ich dich treffe, sonst hätte ich etwas Eleganteres mitgenommen. Aber sie steht dir wirklich gut."

„Ich mag das Rustikale und werde irgendwann nach Kanada auswandern und in einem Blockhaus mitten im Wald leben. Nur mit meinem lieben Mann und vielen Kindern, die den ganzen Tag spielen und nie in die Schule müssen. Wir werden niemanden außer uns brauchen und werden sehr glücklich sein. Übrigens: Deine Frau hat einen guten Geschmack, das sieht man an der Jacke."

Ich lachte bitter auf: „Wir sind nicht verheiratet. Übrigens hasst sie diese Jacke und hat oft verlangt, dass ich sie wegwerfen soll. Sie nennt mich Lumberjack, wenn ich diese Jacke oder ein Hemd mit großen Karos trage. Sie mag elegante Männer – wie ihren Liebhaber."

„Und jetzt ist er in eurer Wohnung – in eurem Bett?"

„Ja."

„Und du läufst hier draußen herum?"

„Ja – und ich bin froh, dich getroffen zu haben."

Sarah schaltete unvermittelt in den Modus einer verfolgten, ängstlichen Frau um: „Torben darf nicht wissen, dass ich so mit einem anderen Mann rede, sonst ...“

„Du solltest nicht mehr zu ihm zurückgehen.“

„Ich weiß“, sagte Sarah, als ob sie das wüsste, aber nicht daran glauben würde.

„Und?“

„Ich kehre trotzdem immer wieder zu ihm zurück.“

„Das verstehe ich nicht.“

„Es ist furchtbar, seit er die ganze Zeit zuhause ist. Das Geld reicht nicht mehr für die Miete. Die letzten Tage ging es, aber als heute zwei Rechnungen im Briefkasten lagen, fing er an zu fluchen und zu trinken.“

„Arbeitest du nicht?

„Nein, Torben will das nicht.“

Sarah sah kurz vor sich hin und schien über etwas nachzusinnen. Abrupt hob sie den Kopf, legte diesen schief und sah mich neugierig an: „Und was machst du, Clemens?“

„Ich schreibe.“

„Toll! Und was?“

„Romane und Kurzgeschichten.“

„Liest du mir mal was vor?“

Keine Frage nach Verkaufszahlen oder Ähnlichem. Es genügte Sarah, dass ich schreibe. Sie war von der bloßen Tatsache begeistert und sah mich mit leuchtenden Augen an. Dennoch wirkte sie gleichzeitig sehr erschöpft.

„Gerne. Aber du siehst müde aus."

„Ja, ich bin plötzlich völlig kaputt."

„Wir können uns hier hinlegen. Ich habe einen Schlafsack dabei."

„Aber ich habe noch Hunger."

Als sie das sagte, tat sie mir erneut leid. Sie war so mager und hatte Hunger.

„Ich habe Erdnüsse im Rucksack. Meine Wasserflasche ist leer, aber ich kann Seewasser holen."

„Seewasser? Das kann man nicht trinken."

„Warum nicht?"

„Man kann doch kein Seewasser trinken", lachte Sarah.

„Nicht weit von hier gibt es einen Brunnen. Ich kann dort die Flasche füllen. Willst du dich inzwischen auf meinen Schlafsack legen?"

„Eigentlich will ich noch nicht schlafen."

„Aber du bist doch müde."

„Ja, aber dann ist der Tag schon vorüber."

„Und das …"

„Das ist so schade. Ich möchte den Tag noch so lange erleben, wie es geht, denn wenn ich aufwache, ist sonst schon wieder der nächste Tag."

„Interessanter Gedanke."

„Und hungrig kann ich sowieso nicht schlafen."

„Dann lass uns doch gemeinsam zum Brunnen gehen und Nüsse essen."

Wir gingen zum Brunnen in der Mozartstraße, tranken, füllten die Flasche auf und schlenderten daraufhin zu *unserer* Bank zurück. So besonders, dachte ich auf dem Rückweg, hatte ich mich lange nicht mehr gefühlt. Vielleicht das letzte Mal, als ich im Ausland studierte und nochmals alles neu für mich gewesen war. Wir breiteten wie ein Paar beim Picknick den Schlafsack aus und betteten uns darauf. Ich lag auf dem Rücken und staunte in den Nachthimmel, als sie ihren Kopf klischeehaft auf meine Schulter – nicht legte, sie schob ihn vorsichtig darauf. Ihr Kopf war klein und leicht.

„Dir vertraue ich", sagte Sarah leise.

„Danke."

„Liebst du deine Partnerin noch? Wie heißt sie überhaupt?"

„Cynthia. Ich habe sie geliebt – damals."

„Und jetzt?"

„Wir haben uns beide verändert."

„Und du bist bisher nicht gegangen, weil du nicht wusstest wohin?", fragte Sarah.

„Vielleicht."

Sarah lachte.

„Eigentlich könnten wir zusammenziehen", schlug sie vor, „aber wir haben ja beide keine Wohnung."

„Leider nicht."

„Ja, eines Tages, vielleicht", antwortete sie melancholisch, als glaube sie nicht daran. „Du", sie richtete sich nochmals auf und stützte sich auf den linken Unterarm, „so lange es nicht regnet, ist es wunderschön, den Himmel als Schlafzimmerdecke zu haben."

Ich blieb liegen und sah ihren zierlichen Kopf vor dem sternenübersäten Nachthimmel. Noch immer kein Flugzeug, das Kondensstreifen in den Himmel sprayte.

„Wir fragen morgen auf der Demo herum, ob uns jemand hilft. Das klappt bestimmt und dann müssen wir nie wieder zu ihnen zurück. Du nicht zu Cynthia und ich nicht zu Torben. Torben hat so große Hände. Sie sind wie Schaufeln. Er umklammert manchmal, wenn er getrunken hat, meinen Kopf und drückt zu."

„Und dann?"

„Dann nennt er mich Pumpkin und lacht wie ein Irrer, als wäre das ein schrecklich guter Witz. Kommst du morgen wirklich mit zur Demo?", fragte Sarah eifrig, als wäre das äußerst wichtig, dass wir an der Demo teilnehmen würden.

„Natürlich."

„Weißt du, wo ich gerne leben würde?", fragte Sarah nach einigen Minuten, als ich dachte, sie wäre eingeschlafen und mich deswegen nicht bewegt hatte.

„Wo denn?"

„In Churchill. Das ist in Kanada. Am Churchill-River."

„Warum gerade dort?"

„Dort ist es so schön kühl und es gibt Eisbären. Ich glaube, dort muss die Welt noch gut sein."

Wenn man unruhig schläft, tauchen die seltsamsten Gedanken auf. Als ich das erste Mal in dieser Nacht wach wurde, lag Sarah ganz ruhig und schlief an mich geschmiegt. Ich begehrte Sarah nicht als Frau. Vielleicht würde das irgendwann einmal der Fall sein. Aber in erster Linie wollte ich ihr helfen. Sie wirkte so zerbrechlich, hatte sehr dünne Arme und Beine und einen grazilen Hals – und schien so gar nicht gemacht für diese Welt des Erfolgs, der Aggressionen und der Effizienz. Nach all den Jahren mit der energischen Cynthia erschien mir Sarah wie eine sensible Fee, eine kostbar-empfindsame Märchenfigur, die in einer weichzeichnerisch-sanften Welt aufwuchs und durch unglückliche Umstände in das raue Reich der Kobolde und Bösewichte verstoßen worden war. Ich war der Ritter ohne Rüstung, der nie gelernt hatte zu kämpfen – und sie dennoch beschützen und retten wollte. Ich verlor mich wieder einmal in meinen haltlosen Einfällen. Aber ich bin Autor, sagte ich mir, also darf ich das. Im Gegensatz zu Cynthia würde Sarah mir bestimmt beipflichten. Schon als Kind hatte meine lebhafte Fantasie mich aus so manchem düsteren Tal gerettet.

Wie lange wir hier lagen, wusste ich nicht. Irgendwann waren wir beide wach, weil wir jämmerlich froren. Es war noch immer dunkel. Wir rückten enger zusammen, was natürlich nicht gegen die Kälte half. Schließlich schlug ich Sarah vor, den Schlafsack zu schließen, sie könnte darin schlafen, ich würde umhergehen. Wir standen benommen auf, Sarah stand neben mir, hielt die Arme um ihren schmalen Leib geschlungen, während ich am Boden kniete und umständlich den Reißverschluss des Schlafsacks schloss. Sie kramte etwas aus ihrer Hosentasche und setzte es an den Mund.

„Was machst du?", fragte ich.

„Das ist nur mein Asthmaspray."

Sarah kroch in den Schlafsack, während ich dastand, fror und versuchte, mir nichts anmerken zu lassen.

„Ich bewege mich, aber bleibe in der Nähe."

„Komm doch mit herein."

„Ich glaube nicht, dass wir zu zweit in den Schlafsack passen."

„Ich weiß jetzt, dass ich dir trauen kann. Und wir lassen beide die Hosen an. Die kannst du, wenn du im Schlafsack bist, nicht mehr ausziehen", kicherte Sarah, „dafür ist es viel zu eng."

Sie hatte die Antwort auf das gegeben, was ich gedacht, aber nicht gesagt hatte.

Ich zwängte mich zu ihr in den Schlafsack.

„Bring nicht so viel Sand mit hinein."

„Ich versuche es."

Nach einigen Verrenkungen lagen wir in Löffelstellung im Schlafsack. Sarah schien in diesen praktischen Dingen sehr geschickt, sie hatte sich gleich richtig hingedreht, als ich nach und nach in den Schlafsack kroch.

„Wer richtig friert, der braucht lange, bis er auftaut", lachte Sarah.

„Aber es wird schon wärmer."

„Du bist ein richtiger Schönredner", lachte sie.

„Stimmt aber."

„Ja, es stimmt, Herr Schönredner."

Langsam wurde es wohlig warm und wir schliefen wieder ein.

Es war bereits hell, als wir wach wurden. Irgendwann ging über der Konstanzer Bucht die

Sonne auf. Oft hatte ich am Schänzle, in Meersburg, in Allensbach, mit den Vulkankegeln des Hegaus als Kulisse den Sonnenuntergang betrachtet. Aber das war nichts gegen diesen Tagesbeginn mit den ersten wärmenden Sonnenstrahlen. Warum betrachtete ich oft den Sonnenuntergang und selten den herrlichen Beginn des Tages? Wir nickten nochmals ein, während die ersten frühmorgendlichen Spaziergänger durch den kleinen Wald schritten und ihre Gespräche ausschnittsweise zu hören waren.

Am Grenzzaun

Am nächsten Morgen war der Akku meines Smartphones leer. Ich hätte es gestern Abend ausschalten sollen. Was ist der moderne Mensch ohne Internet? Vor allem konnte ich jetzt niemanden mehr anrufen. Gab es noch irgendwo eine funktionierende Telefonzelle? Wann hatte ich das letzte Mal jemanden in so einer Kabine gesehen? Und gab es dort überhaupt noch Telefonbücher? Ich musste mir eingestehen, keine einzige Nummer auswendig zu wissen. Die Telefon-Internet-Läden, welche in Zeiten der Vorvorwahlnummern geboomt hatten, waren so schnell verschwunden, wie sie aufgetaucht waren.

Dafür waren in den letzten Jahren die Nagelstudios wie Pilze aus dem Boden gesprossen.

Wir schüttelten den Schlafsack aus, klopften uns gegenseitig den Sand aus den Klamotten, wuschen die Gesichter mit Seewasser, strichen mit feuchten Kammfingern durch die Haare, und versuchten, uns ein halbwegs passables Aussehen zu verschaffen, wobei ein leicht gammeliger Anschein wohl unvermeidbar war. Wie würden wir nach einer Woche im Freien aussehen? Wieso wir? Vielleicht gingen Sarah und ich in einer Stunde getrennte Wege. Es war ein unglaublicher Glücksfall gewesen, dass ich Sarah getroffen hatte. Wie schrecklich wäre es gewesen, wenn ich die Nacht alleine im Freien verbracht hätte! Wäre ich dann nicht bereits wieder *zuhause* und müsste Cynthias süffisantes Grinsen ertragen, die wüsste, dass sie gewonnen hatte? Und jetzt? Ich wollte so lange wie möglich Cynthias Haus fernbleiben. Vielleicht machte sie sich Sorgen um mich. Aber wahrscheinlich war es ihr ganz recht, mich so leicht losgeworden zu sein. Ismar konnte nun jederzeit vorbeikommen.

„Heute ist die Demo", rief Sarah fröhlich. „Wir brauchen noch das Transparent."

Wären Sarah und ich schon länger *zusammen*, hätte ich ausgesprochen, was mir durch das übermüdete Denkorgan geisterte: „Ich glaube nicht, dass dies unser dringlichstes Problem ist."

Andererseits freute ich mich über ihren Enthusiasmus und darüber, irgendetwas zu tun zu haben. Vor allem anderen war es etwas, das wir gemeinsam tun würden. Sarah schloss mich bereits in ihre Pläne mit ein. *Wir* brauchten also noch das Transparent.

„Darf ich dich zuvor bei einem Bäcker zu einem Kaffee einladen? Dazu vielleicht ein Croissant oder eine Butterbrezel."

„Gerne", lachte Sarah und stopfte den Schlafsack in meinen Rucksack: „Ich kann jedenfalls keine Erdnüsse mehr sehen."

Wir strebten der Alten Rheinbrücke zu, liefen wie alle Promenierenden die Seestraße entlang und kamen am Casino vorbei. Wenig später betrachteten wir die prächtigen Steinhäuser im Sonnenlicht. Niemand wusste, dass wir kein Dach mehr über dem Kopf hatten. Die wenigen Passanten, die um diese Uhrzeit unterwegs waren, schauten scheu Sarah und dann mich an. Ob sie mich für denjenigen hielten, der sie so zugerichtet hatte? Trotz all dem war es herrlich, die Wärme der Sonne zu genießen. Niemand, der ein Dach über dem Kopf hat, genießt so die Sonne wie jemand, der eine kühle Nacht im Freien verbracht hat. Die nächste Nacht war nur Stunden entfernt, aber meine größte Angst war, dass Sarah sich unvermittelt von mir verabschieden würde. Ich fragte mich, ob ich ein Mann bin, der nicht allein sein kann.

Sarah sah sich ständig um. Sie wirkte umso unruhiger, je näher wir der Stadt kamen.

„Suchst du etwas?"

„Nein, ich schaue nur, ob Torben irgendwo auftaucht."

„Vielleicht sucht er dich gar nicht."

„Er sucht mich."

„Bist du sicher?"

Sarah lachte ein höhnisches, bitteres und verzweifeltes Lachen: „Absolut. Ich bin sein wertvollster Besitz. Das sagt er jedenfalls immer."

„Wir werden schon irgendwie mit ihm fertig."

„Ich mag dich."

„Ja? Warum?"

„Weil du kein starker Mann bist und deine Partnerin dich betrügt – entschuldige, aber das macht dich irgendwie sympathisch. Du bist kein Mann, der prahlt und protzt, was er alles kann und hat und so weiter. Ich mochte gleich deine Art und Stimme, als du mir das von Cynthia und ihrem Liebhaber erzählt hast."

„Hast du Mitleid mit mir?"

„Nein. Im Gegenteil. Ich freue mich für dich."

„Tatsächlich?"

„Ja, du bist einfach losgegangen. Ich finde das sehr mutig. Allein und ohne alles loszugehen."

„Das hast du doch auch gemacht."

„Ich bin aus Angst geflohen. Und jetzt? Hast du ein Ziel, einen Wunsch?"

„Ich habe große Lust, nochmals neu anzufangen. Seit ich dich getroffen habe, ist das bereits greifbarer geworden. Davor war das nur ein Weglaufen, aber jetzt …"

„Neu anfangen. Das hört sich schön an", sagte Sarah, als glaube sie nicht daran. „Und mit wem willst du neu durchstarten? Hast du dabei jemanden im Sinn?", lachte Sarah und ihr rascher Stimmungswandel erstaunte mich erneut.

„Wenn du so fragst, ich finde dich sehr – ich sollte jetzt wohl nicht „süß" sagen – aber so anders, irgendwie einmalig. Du weckst den Beschützerinstinkt in mir."

„Du auch in mir."

„Wirklich?"

„Ich dachte, als du mich gestern Nacht am Ufer angesprochen hast und nachdem schnell klar war, dass du nicht gefährlich bist: Was macht der arme Kerl um diese Zeit hier draußen? Du hast dich so verloren angehört."

„Das war ich wohl auch. Früher suchte ich die Freiheit innerhalb der Sicherheit. Ich wollte nicht mein Leben lang einem Brotberuf nachgehen. Cynthia bot mir eine Art von Unabhängigkeit, wie ich sie nicht erwartet hatte. Aber Bedürfnisse verändern sich im Lauf der Jahre – manchmal verwandeln sie sich ins Gegenteil.“

„Du redest wie ein Buch, wie ein echter Autor“, lachte Sarah.

Auf dem Weg zum Döbele-Parkplatz kam uns eine Polizeistreife entgegen. Die zwei Uniformierten bemerkten Sarahs entstelltes Gesicht. Sie musterten mich, sprachen uns jedoch nicht an. Aus den Tüten, die sich vor den Altkleidercontainern stapelten, suchten wir passende Kleidungsstücke heraus. Das war zwar verboten, aber sie hatten bereits die Luken der Container zugeklebt, weil sie wohl nicht mehr wussten, wohin mit den ganzen Klamotten, die die Gelangweilten, in ihrem Bedürfnis irgendetwas Sinnvolles zu tun, nach ihren Ausmistaktionen hierhergebracht hatten. Viele Menschen gestalteten die Wohnungen neu, renovierten, räumten ein und aus und wer einen Garten oder Balkon hatte, pflanzte, was das Zeug hielt. Ich wollte nicht wissen, was manche aufgrund der zur freien Verfügung stehenden Zeit sonst noch taten. Rasch kramte ich zwei T-

Shirts und eine hellgrüne, etwas eng sitzende Hose heraus. Sarah fand einen Pullover, der mit glitzernden Fäden überzogen war, ihr aber gut stand. Jetzt sah sie endgültig wie ein zerbrechliches Wesen aus dem Feenreich aus, das versehentlich in diese raue Welt geschleudert worden war. Wir leerten eine große Tasche und legten die Sachen hinein, die wir brauchen konnten, sogar Schals und Handschuhe nahmen wir mit, falls wir nochmals im Freien schlafen mussten. Einen zweiten Schlafsack fanden wir nicht. Ich beeilte mich, weil ich es nicht gewöhnt war, etwas Verbotenes zu tun. Wenn es auch ein geradezu lächerliches Vergehen war.

Wir querten den Döbele-Parkplatz, von dem aus in normalen Zeiten die Reisebusse ihre Ziele ansteuerten, und gingen in Richtung der Altstadt. Überall hingen Plakate, die Veranstaltungen ankündigten, die nie stattgefunden hatten. Es gab so viele davon. Sie hingen noch überall. Als wäre die Zeit stehen geblieben. Eine Strahlung musste die Erdenbewohner vom Planeten getilgt haben, nur ihre physischen Taten hatten noch Bestand, die jedoch ohne die Menschen nutzlos waren und irgendwann von Grün überwuchert werden würden. Niemand hatte sich die Mühe gemacht, die Plakate zu entfernen oder zu überkleben. Das

Land stand weitgehend still. Sogar die Autobahnen waren ungewohnt leer. Wir brauchten mehrere Versuche, bis wir erfolgreich ein großes Plakat abreißen konnten.

Eine Holzlatte fanden wir auf Klein-Venedig, wo wir den gesamten Nachmittag verbrachten. Dort war der Grenzzaun zwischen Kreuzlingen und Konstanz zu einem neuen, faszinierenden Ort der Begegnungen und des kreativen Protests geworden.

Mehrere Gruppen lagerten auf beiden Seiten des Zauns, unterhielten sich, manche prosteten sich durch die Gitter hindurch zu und veranstalteten gemeinsame Picknicks, trotz oder gerade wegen des Zauns. Erst nachdem man sich nicht mehr frei bewegen konnte, wurde überdeutlich, wie wichtig die offenen Grenzen waren. Oft genug hatten die Schweizer über die *Dütscha* geschimpft und genauso war es umgekehrt, wenn die Konstanzer Altstadt von kaufwütigen Passanten geflutet wurde. Endlich sahen beide Seiten ein, dass es ohneeinander noch viel weniger ging. Die Grenzschließungen waren widernatürlich, was hier auf Klein-Venedig unmissverständlich wurde. Die große Freifläche war durch einen doppelten Zaun geteilt worden. Auch wenn man die Maßnahmen im Großen und Ganzen für gerechtfertigt hielt, wie vieles, das beschlossen worden war, bot dieser Zaun dennoch einen ungewohnten und erschreckenden Anblick. Natürlich konnte man über die Notwendigkeit und den Nutzen von einzelnen Regelungen diskutieren. Ich hatte mir darüber bisher nicht viel Gedanken gemacht und angenommen, dass ich insgesamt mit der Arbeit der Regierung zufrieden war. Weil ich aufgrund meines losen Mundwerks gestern Nacht aus der Wohnung der ehemaligen Freunde geflogen war, verschwieg ich Sarah meine eigentliche Meinung. Ohne Sarah wäre ich nie auf den Gedanken gekommen, an einer Demo gegen die Corona-Maßnahmen teilzunehmen. Was natürlich auch daran lag, dass ich mich generell nicht an irgendwelchen Demonstrationen beteiligte. Ich hielt das einfach nicht für meine Sache und hätte mich nie unter die sogenannten Verschwörungstheoretiker gemischt. Ich war wohl, zumindest vorläufig, so etwas wie ein Mitläufer. Es war einfach zu schön, mit Sarah unterwegs zu sein, und immer wieder dachte ich daran, wie es wäre, wenn ich jetzt alleine und ruhelos umherstreifen würde ... Sarah verwandelte die hoffnungslose, traurige Situation in eine geradezu fröhliche Angelegenheit. Ich spürte, dass ich glücklicher war als zuvor. Isoliert wäre ich in trüben Gedankengängen versunken. Wenn ich allein war, war die Energie eine andere, dann mutierte ich zu einem sentimentalen Einzelgänger, einem schwermütigen Dichter – und darauf hatte ich so gar keine Lust mehr: Das Abenteuer des Alleinseins war lange vorüber, das hatte ich in einer frühen, intensiven und melancholischen Lebensphase ausgiebig ausgekostet und erwartete schon lange nichts mehr davon. Es war nicht länger zu leugnen: Ich brauchte eine Frau an meiner Seite, sonst war ich verloren!

Indessen fehlte noch ein Stück Schnur oder Klebeband, um das Plakat an der Latte zu befestigen.

„Was schreiben wir auf unser Plakat?", fragte Sarah.

„Keine Ahnung."

„Du bist doch der Autor."

„Okay, ich denke darüber nach. Für was demonstrieren wir denn?"

Sarah legte ihre Stirn in Falten: „Ich weiß nicht, aber die Stimmung, die Leute – es ist so gut dabei zu sein. Es ist ein Gefühl, das ich sonst nicht kenne, ein Gefühl der Gemeinschaft."

„Wie wäre es mit: ‚Freiheit'?", schlug ich vor.

„Nur ein Wort? Ist das nicht etwas wenig?"

„Manchmal ist weniger mehr. Ich glaube, das kommt besser an, als wenn wir einen langen Text auf das Plakat quetschen."

„Gut, dann kaufen wir nachher im Drogeriemarkt einen dicken Filzstift und eine Schnur. Warum lachst du?"

„Ach, einfach so, ich habe das Wort Filzstift schon lange nicht mehr gehört."

„Du bist seltsam, Clemens. Aber du hast Glück: Ich mag das. Du, da drüben machen sie gleich Musik."

Auf beiden Seiten des neuen Grenzzauns zwischen der Schweiz und Deutschland versammelten sich Musiker, einer hielt eine Gitarre, ein anderer setzte sich auf eine Holzbox, die als Kistentrommel dienen würde. Zwischen den Zäunen war ein Abstand von etwa eineinhalb Metern. In diesem künstlich erzeugten Niemandsland lagen selbst gebastelte Brettspiele. Lange Rechen, die dem Schiebewerkzeug eines Croupiers ähnelten, mit denen die Steine auf den Spielfeldern verschoben werden konnten, befanden sich auf beiden Seiten des Zauns. Ein solches Brett hatte jemand mit den Fahnen beider Länder bemalt. Mit rot-weißem Absperrband war ein Kunstwort namens *Kreuztanz* um die Gitterstäbe des Zauns gewoben worden. Sarah nahm meine Hand und zog mich in die Richtung der Musiker. Wir lagerten in deren Nähe im Gras. Ich lag rücklings und Sarah bettete ihren Kopf auf meinen Bauch. Die Sonne schien, das Leben war herrlich, wie schon lange nicht mehr, wenn ich das Sorgenkarussell in meinem Kopf für Viertelstunden zum Schweigen brachte.

„Jetzt müssen wir aber los", sagte Sarah irgendwann. „Die Demo beginnt bald."

Ich musste wenigstens einen Versuch unternehmen, Sarah davon abzubringen, an der Demo teilzunehmen.

„Vielleicht sollten wir gar nicht auf die Demo gehen. Da sind bestimmt viele Leute und es werden Parolen skandiert und dadurch steigt die Ansteckungsgefahr. Und du darfst dich nicht anstecken, Sarah. Du hast Asthma."

Ich machte wohl einen kritischen Eindruck, als ich das sagte, denn Sarah antwortete: „Ich weiß, hier auf Klein-Venedig ist es schön, aber du wirst schon sehen: Dort fühlt sich keiner allein. Da ist so ein schöner Zusammenhalt. Jeder gehört dazu. Und sowieso kommen nicht viele. Ich glaube, die Demo ist gar nicht angemeldet. Es soll wie ein zufälliges Ereignis wirken."

Bevor die Demo begann, herrschte eine gute, geradezu ausgelassene und verschwörerische Stimmung unter den Teilnehmenden. Sarah strahlte. Fröhlich ging sie mit unserem Transparent umher. Glücklicher hatte sie bisher nicht gewirkt. Auch in meiner Anwesenheit hatte sie gelacht und wir hatten sicher gute Stunden gehabt, aber so ausgelassen war sie mit mir allein nicht gewesen. Bei mir war das anders. Ich war ihretwegen hier. Meinetwegen hätten wir für uns bleiben können. Ich spürte, dass ich eifersüchtig war, weil etwas anderes als ich imstande war, Sarah so zu begeistern. Ich wurde den Verdacht nicht los, dass der Anlass der Demo für Sarah nicht wichtig war, dass es auch eine völlig andere Gemeinschaft hätte sein können und Sarah vor allem anderen das Gefühl der Zusammengehörigkeit suchte und genoss. Ich war neugierig, wie das Ganze ablaufen würde. Jeder gab seine persönliche Parole von sich, die ich jeweils neugierig aufsaugte.

„Wir demonstrieren, dass der Scheiß endlich aufhört", sagte einer, der kurz vor uns stehenblieb, und ohne eine Antwort abzuwarten, weiterging.

„Ich lasse mir meine Freiheit nicht nehmen", rief eine große Frau und streckte ein Grundgesetzbüchlein hoch, als wäre es ein Stück Brot, das sie vorbeifliegenden Möwen anbietet.

Ein Koloss von Mann rief: „Ich lasse mich nicht impfen, Herr Gates. Ich lasse mich nicht impfen, Herr Spahn."

„Wir wollen unser Leben wieder", skandierte ein Paar, das sich untergehakt hatte.

„Wir werden das Grundgesetz verteidigen. Dazu sind wir hier." Noch einer mit einem Grundgesetzbüchlein.

Der Impfgegner kam erneut in unsere Nähe, schließlich war es eine kleine Demo mit wenigen Teilnehmern, die sich um den Kaiserbrunnen herum abspielte: „Lasst uns gemeinsam dem Impf-Minister ein Bein stellen! Impfpflicht ohne uns! Dem Impfwahn ein Ende! Impfzwang ohne uns!" Er sprach nicht besonders laut, sodass ich ihn nur verstand, weil ich in seiner Nähe stand. Es gab kein Publikum. Die wenigen Menschen, die in der ungewohnt leeren Konstanzer Innenstadt unterwegs waren, eilten scheu an dem zusammengewürfelten Haufen der Demonstrierenden vorbei. Trotz der vereinzelten Rufe und Transparente war es eine äußerst friedliche Angelegenheit. Am Rand der Marktstätte ließen sich zwei Polizisten sehen, die das Ganze nicht allzu sehr zu interessieren schien. Sie wirkten fast, als seien sie rein zufällig hier. Passanten gingen vorüber. Jedoch blieb keiner stehen oder ließ sich in ein Gespräch verwickeln. Ich beobachtete, dass nur selten Flugblätter an Vorübergehende verteilt werden konnten. Es waren einfach zu wenige Menschen unterwegs. Die Grenzen zur Schweiz waren geschlossen, es gab keine Touristen und viele Studenten weilten bei den Eltern in ihren

Heimatorten. Die ansonsten von Passanten dicht durchströmte Altstadt war nahezu leer, bot seit Beginn der Maßnahmen ein gespenstisch ruhiges Bild. So gemächlich hatte Konstanz vielleicht vor dreißig Jahren gewirkt. Die Stadt war künstlich in den Dornröschenschlaf des Pre-Einkaufwahns versetzt worden. Ein Virus und die Reaktionen darauf hatten innerhalb weniger Tage und Wochen alles verändert. Welche unliebsamen Überraschungen diese Welt doch jederzeit zu bieten hatte. Einfach so. Aus dem Nichts. Unvermittelt. Ohne Vorankündigung. Die Auswirkungen waren immens. Nicht auszudenken war, dass jederzeit noch weitaus gefährlichere Viren den Planeten mit Verderben überziehen konnten. Ob menschengemacht oder natürlichen Ursprungs. Sicherheit und Freiheit, Gesundheit und Wohlstand waren ein zerbrechliches Gut.

Da wenig los war, offensichtlich war das tatsächlich keine offizielle Demonstration, war ausreichend Zeit, mit anderen Menschen ins Gespräch zu kommen. „Die kenne ich. Das ist Monja", rief Sarah und deutete auf eine kleine, grünorange gekleidete Frau, die auf die große Frau einredete, die noch immer das Grundgesetzbüchlein hochhielt und es auch nicht herunternahm, während sie aufmerksam zuzuhören schien. „Ich habe sie bei einem Kurs kennengelernt, als ich nach Konstanz zog. Wir fragen sie, ob wir bei ihr übernachten können."

Was geschieht, wenn die Gefragte sagt, dass sie nur Platz für eine Person hat? Unwillkürlich erschrak ich bei dem Gedanken. Unsere ausschließliche Zweisamkeit würde ein rasches Ende finden. Was hatte ich erwartet? Seit wir uns kennengelernt hatten, waren noch nicht einmal vierundzwanzig Stunden vergangen.

„Komm, wir gehen zu ihr. Nimmst du mal?"

Ich nahm Sarah das Transparent ab und trug es hinter ihr her. Hoffentlich fotografiert mich niemand und stellt das Bild ins Internet. Alle trugen Atemschutzmasken, um der Polizei keinen Grund zum Eingreifen zu geben. Zuvor waren zwei Männer herumgelaufen, wahrscheinlich die Veranstalter, und hatten jedem mitgeteilt, dass man der Polizei keinen Anlass geben und Atemschutzmasken tragen solle. Wobei ich das Gefühl hatte, dass die zwei Polizisten, die eher zufällig in der Nähe zu sein schienen, die Anweisung hatten, sich möglichst nicht einzumischen.

„Hallo Monja", begrüßte Sarah die Frau in dem grünorangenen Kleid, die sich umdrehte und bei Sarahs Anblick die Arme weit ausbreitete und einen kleinen Jubelschrei ausstieß. Sie umarmten sich und ich musste erneut daran denken, dass Sarah Asthma hatte.

„Sarah, das ist aber schön."

Die Frauen unterhielten sich vertraulich und so leise, dass ich nichts verstand. Ich kam mir sehr passiv vor, weil ich unbeteiligt danebenstand. Halbherzig streckte ich das Transparent in die Höhe. Ich war bereit, es im nächsten Moment fallen zu lassen und von hier wegzugehen, wenn feststand, dass die kleine Frau Sarah mitnehmen und ich verloren zurückbleiben würde.

Unauffällig trat ich einen Schritt näher an Sarah und Monja heran und entschlüsselte Satzfetzen ihres Gesprächs. Sarah schien etwas zu erklären und ich meinte innerhalb der Rufe um uns herum bruchstückhaft herauszuhören, wie Monja etwas von übernachten und Lager sagte.

Aber ich verstand kaum etwas, weil der Impfgegner sich in nächster Nähe postiert und sein Verhalten völlig verändert hatte. Er hatte sich, wodurch auch immer, in Rage versetzt. Er brüllte inzwischen einen immer gleichen Satz, den er mit allerlei Namen abschloss: „Ich lasse mich nicht impfen, Frau Merkel." Einmal rief er sogar: „Ich lasse mich nicht impfen, Minister Spritzeritis", so dass ich beinahe losgelacht hätte, obwohl ich zumindest teilweise nachvollziehen konnte, dass jemand vor Impfungen, die sehr schnell auf den

Markt gebracht werden sollen, Angst haben konnte.

„Gehört er zu dir?" Ich sah Monja an und rang mir ein zurückhaltendes Lächeln ab. Sie schaute kurz zu mir auf, konzentrierte sich aber sofort wieder auf Sarah. Ich erinnerte mich nicht, wann ich das letzte Mal so befangen gewesen war. Alle Ampeln standen auf Veränderung, waren auf Start gestellt, in einer verwandelten Situation unter unbekannten Menschen. Tatsächlich war dies die beste Gelegenheit für einen Neubeginn. Zunächst mussten wir jedoch einen Unterschlupf finden, von wo aus sich ein anderes Leben aufbauen ließ. Alles andere würde später kommen.

„Ja, das ist Clemens", sagte Sarah.

„Also, ihr kommt beide mit zu mir. Ich habe ja seit Kurzem zu viel Platz. Leider."

„Wir fordern ein Ende dieses schlechten Schauspiels", hörten wir den Sprechgesang einer kleinen Gruppe, die sich gebildet hatte und hartnäckig ausharrte, als wir die Marktstätte verließen und Monjas Wohnung zustrebten, die sich in Petershausen befand, wie die Frauen mir mitteilten. Ich hätte gerne das Transparent an eine Hausmauer gelehnt, aber zwecks möglicher Wiederverwendung schulterte ich es und trabte damit durch die Altstadtgassen. Meine einzige Aufgabe war, hinter den Frauen herzulaufen, die sich angeregt unterhielten.

Auf der Fahrradbrücke kam uns ein älterer Mann entgegen, der einen wütenden Gesichtsausdruck aufsetzte, als er uns sah. Zwar ließ er uns an sich vorübergehen, blieb daraufhin aber stehen und schimpfte hinter uns her: „Gehen Sie doch mal in eine Klinik! Sehen Sie sich die Menschen an, die beatmet werden. Freiheit! Was meinen Sie mit Freiheit? Sie wissen gar nicht, wie gut Sie es in unserem Land haben! Eine Diktatur sieht jedenfalls anders aus!"

Wir waren stehen geblieben, hatten uns umgedreht, aber keiner von uns wollte sich in eine Diskussion verwickeln lassen. Monja zuckte mit den Schultern und wir setzten unseren Weg fort. Die Frauen schien der Vorfall nicht besonders zu bekümmern, also tat ich, als sei nichts gewesen, und betrachtete das unter uns dahinfließende Wasser des Seerheins, um diese Begegnung so schnell wie möglich zu vergessen. Kurz hatte ich den Impuls verspürt, dem alten Mann anzubieten, das Transparent zu übernehmen. Ich wollte es ihm schenken – aber das hätte wohl zu nichts Gutem geführt.

Die Verlassene

Monjas Wohnung bestand aus einem großen Raum, der ungefähr 40 Quadratmeter maß. Nur das Bad, in dem sich auch die Toilette befand, war separat zugänglich. Jeder konnte jeden jederzeit in diesem Raum sehen, vorausgesetzt er stand. Ansonsten versperrte eine wuchtige Kommode den Blick in die Küchenecke. Der Wohnzimmerbereich bestand aus zwei alten Sofas, marokkanischen Sitzkissen und einem bunt gemusterten Flickenteppich. Es gab einen Schreibtisch, der so überladen war, dass dessen Tischplatte an keiner Stelle zu sehen war. Auf meine so ganz nebenbei vorgebrachte Frage, ob Monja derzeit arbeiten müsse, antwortete sie: „Nein, die Firma hat Kurzarbeit angemeldet und mich nach Hause geschickt."

Monja schlug vor, dass wir etwas kochen könnten. Sie verfügte über eine Sammlung ausgefallener Kochbücher. Deren Buchumschläge waren mit seltsamen Symbolen und fremdartigen Schriftzeichen versehen. Sie sammelte Wildblumen und allerlei Gräser, die sie in großen Gläsern und Tontöpfen aufbewahrte.

Bevor wir nach dem Essen ins Wohnzimmer umsiedelten, legte unsere Gastgeberin eine Schallplatte mit französischen Chansons auf.

„Mein Freund hat mich verlassen", sagte Monja unvermittelt, als wir auf dem Flickenteppich kauerten und Willkommenstee tranken. Dazu aßen wir Fastencracker. „Die sind aus Dinkelvollkornmehl, nur mit Olivenöl und Kräutersalz. Darauf sind Sesamkörner, Sonnenblumenkerne, Leinsamen sowie Kürbiskerne. Alles gesund. Wird euch guttun. Er hat mich für eine Jüngere verraten. Wir konnten keine Kinder bekommen. Und jetzt will er Kinder mit der Neuen."

Monja knabberte im nächsten Moment an einem weiteren Fastencracker. Sie schien keine Antwort zu erwarten. Mir kam es so vor, als ob sie in einen anderen Modus abgetaucht sei. Es schien, als hätte sie vergessen, dass noch zwei Menschen anwesend waren – vielleicht war sie einsam.

„Bist du viel zuhause, seit du nicht mehr zur Arbeit gehst?", fragte ich.

„Natürlich. Für Alleinstehende ist es derzeit besonders schwer. Davor hatte ich noch persönlichen Kontakt zu meinen Kolleginnen. Man soll ja möglichst zuhause bleiben und menschliche Nähe vermeiden."

Monja hob abrupt den Kopf, sah abwechselnd Sarah und mich an, schien angestrengt zu überlegen, kaute mit vollen Backen, trank aus einer Schale lauwarmen Tee und sagte: „Aber jetzt habe ich euch. Ihr seid von nun an meine Familie. Ihr wurdet mir geschickt, das weiß ich, weil ich die entsprechenden Gedanken ausgesendet habe. Wenn ein leibliches Familienmitglied am Tisch sitzen würde, wäre das nicht besser als ihr. Ich mache da keinen Unterschied. Den gibt es gar nicht, aber das wird mein Ex auch noch lernen. Ich habe es schon begriffen."

Monja lächelte Sarah an, dann hob sie ihre Hand und strich mit der Außenseite ihrer Finger verzückt über Sarahs und dann über meine Wangen.

„Natürlich weiß ich, dass ihr viel älter seid als richtige Kinder. Aber ich sehe, dass ihr jemanden braucht, der sich um euch kümmert, so verloren wie ihr herumgelaufen seid. Ich wusste schon, als ihr vor mir standet, dass ihr mit zu mir kommt und bei mir einen Unterschlupf findet."

Sie schob sich einen großen Fastencracker in den Mund, kaute, sah erneut auf und lachte: „Ihr dürft auch was sagen, aber ihr müsst nicht, also ganz wie euch das gefällt, es wird sich alles finden. Jetzt wird alles gut, nachdem ihr erst einmal hier seid. Wir müssen nur vorsichtig sein. Ihr dürft nicht nach draußen. Die Nachbarn mit ihrer Blockwartmentalität würden uns anzeigen. Das Zusammenkommen von Personen aus zu vielen unterschiedlichen Haushalten in einer Wohnung ist nicht erlaubt. Falls wir entdeckt werden, müsstet ihr gehen und ihr wisst doch gar nicht wohin. Nein, nein. Ihr bleibt mal schön hier drin. Ich kümmere mich um alles. Wenn ihr was braucht, müsst ihr es nur sagen."

Als sie den letzten Satz gesagt hatte, ersetzte ich im Geiste unwillkürlich Monja mit Mama und spürte ein leises Grauen. Aber ich hatte keine Lust auf eine zweite Nacht im Freien und den Fehler vom Vorabend wollte ich auf keinen Fall wiederholen.

„Du schaust so kritisch, Clemens. Ist alles okay?"

„Ja, auf jeden Fall. Alles wunderbar."

Und dann sagte Sarah etwas und ich fürchtete, dass nicht ich, sondern sie dafür sorgen würde, dass wir in wenigen Minuten erneut ziellos durch die Straßen irren würden.

„Den Vergleich mit den Kindern finde ich etwas – entschuldige, dass ich das so offen sage, übertrieben."

„Dann sage ich es wohl besser so. Es ist einfach gut, euch hierzuhaben. Bei euch habe ich das Gefühl, gebraucht zu werden."

„Wenn du es so meinst, dann ist ja alles gut. Und du hilfst uns wirklich sehr", meinte Sarah und im nächsten Moment lagen sie sich schwesterlich in den Armen.

„Immer gleich sagen, wenn etwas nicht stimmt, du auch, Clemens, ich kann ja sonst nicht wissen, was los ist. Wollen wir das so machen?"

„Ja, das ist eine gute Idee", sagte ich, während Sarah gähnte: „Entschuldigt, aber ich bin so müde."

Die Schallplatte war abgespielt, Monja kramte eine weitere Scheibe des guten alten Vinyls hervor. Erneut ertönte jenes Knacken, das ich lange nicht gehört hatte, als die Nadel aufsetzte. Ein Knistern füllte den Raum, während die Nadel die äußeren Rillen entlangfuhr und dann erklang ein schwermütiger russischer Tango. Ich trug das Geschirr in die Küchenecke, schaute mich suchend um, bis Monja rief: „Einfach irgendwo hinstellen."

Monja war damit beschäftigt, eine Unzahl Decken auf dem Teppichboden auszubreiten. Eine violette Decke war überwiegend mit Sternen und Monden übersät, eine andere mit den Motiven von Tarotkarten. Sie kramte Kissen unterschiedlicher Größen hervor und bereitete uns einen Lagerplatz.

„Wie in den Märchen aus 1001 Nacht", kommentierte ich ihr Bemühen. Dafür erntete ich einen freudestrahlenden Blick. Sarah vergrub sich in den Kissen und zog mehrere Decken über sich. Monja zündete überall Kerzen an und nun spürte auch ich die Müdigkeit aufsteigen. Die letzte

Nacht im Freien, in der ich viel gefroren und wenig geschlafen hatte, forderte ihren Tribut. Mir fielen die Augen zu, aber ich mochte noch nicht schlafen. Aus irgendeinem Grund wollte ich die einmalige Situation auskosten. Also legte ich mich auf den Rücken, weil ich nur seitlich einschlafen kann. Im Halbschlaf hörte ich Monjas dunkles Murmeln und Sarahs helle Stimme, verschlafen, ganz leise und fast kindlich, als würden sich wirklich Mutter und Kind unterhalten. Es hätte mich nicht gewundert, wenn ich am nächsten Morgen die Augen geöffnet hätte, um festzustellen, dass da eine Mutter mit ihren zwei Kindern sitzen würde und Sarah meine Schwester wäre. Vielleicht hatte Monja spezielle Kräuter in den Tee getan, die wer weiß welchen Effekt hatten. Du bist total verrückt, sagte ich mir und dachte noch, dass eine erste Nacht und ein erster Tag in Freiheit und ohne Cynthia vergangen waren. Wie lange sich diese Zeit angefühlt und wie viel ich erlebt hatte. Wie anstrengend und doch auch gleichzeitig kostbar das alles war.

Nach einem kurzen gemeinsamen Frühstück, welches wir ausnahmsweise, wie Monja betonte, am Boden, auf dem Kissen- und Deckenlager einnahmen, weil es der erste Morgen der neuen Familie sei, sagte sie, dass sie natürlich wisse, dass es keine Familie im klassischen Sinne sei, aber doch irgendwie wiederum umso mehr. Aber jetzt sei keine Zeit mehr, dummes Zeug zu reden, sie müsse erst einmal auf dem Markt einkaufen und danach auf einer Wiese Wildkräuter und Blumen sammeln für einen leckeren Salat.

„Ihr freut euch bestimmt schon darauf?"

Mit leichtem Befremden sah ich, wie Sarah freudestrahlend nickte. Monja nahm einen Korb, zog ihre Schuhe an und sagte: „Ich schließe besser die Tür ab. Sarah hat mir alles erzählt. So seid ihr sicherer. Solange dieser Mensch frei herumläuft, lasse ich euch nicht nach draußen, aber ihr habt es hier ja auch schön. Bis gleich, ich beeile mich."

Monja verließ die Wohnung und schloss tatsächlich von außen ab, was ja völlig alltäglich ist – aber doch nicht, wenn noch jemand in der Wohnung ist!

„Das ist doch nicht normal", flüsterte ich Sarah zu und freute mich, endlich wieder mit ihr allein zu sein. Ich flüsterte, weil ich mir bildlich vorstellte, wie Monja in ihrem unförmigen Rock und einer orangegelben Weste draußen an der Tür stand und lauschte, um zu überprüfen, ob ihre *Kinder* auch schön brav waren.

„Dafür ist sie ganz nett und ich habe sooooo gut geschlafen. Besser als in deinem Schlafsack."

„Ja, ja, das schon", gab ich zu, „und ich bin auch froh, dass wir keine zweite Nacht draußen verbringen mussten. Die Nächte sind einfach noch zu kalt und solange wir nur einen Schlafsack haben …"

Wir besprachen das Ganze noch eine Zeit lang, aber irgendwie konnte ich Sarah nicht davon überzeugen, dass Monjas Verhalten äußerst seltsam war. Vor allem das Einschließen. Sarah meinte abschließend: „Ach, wenn es sie glücklich macht, sie muss schließlich die Trennung von ihrem Freund verkraften. Und wenn wir ihr guttun, dann freue ich mich darüber, dass ich auch endlich mal jemandem helfen kann. Das kannst du vielleicht nicht verstehen, aber ich mag sie, so merkwürdig ihr Verhalten auch sein mag oder vielleicht gerade, weil sie etwas ungewöhnlich ist. Mit normalen Leuten kann ich nichts anfangen, die reden wie Automaten. Auch wenn sie angeblich etwas Lustiges sagen wollen, lachen ihre Augen nicht. Aber Monjas Augen sind ganz warm. Und wie glücklich sie gestern mit uns hier war. Es ist doch wirklich etwas wie eine kleine Familie. Meinst du nicht? Und auf jeden Fall hat sie uns einfach so geholfen."

Irgendwann hörten wir auf, über unsere Situation zu diskutieren. An einem zurückgelassenen

Netzteil ihres Ex-Freundes lud ich mein Smartphone und schaltete es ein. Es war eine furchtbare Angewohnheit, aber in regelmäßigen Abständen musste ich das blöde Ding hervorholen, um auch ohne besonderen Grund darauf herumzutippen. Zudem war es in letzter Zeit geradezu eine Manie geworden, täglich die Tabelle mit der Anzahl der Neuinfizierten, Erkrankten und Todesfälle zu studieren. Dass in manchen Ländern die Zahl der Angesteckten unaufhaltsam stieg, war erschreckend und unvorstellbar. Denn während ich diese Zahlen betrachtete, die für die nicht betroffenen Personen nur Zahlen waren, lagen viele Menschen in Krankenhäusern und kämpften um ihr Leben. Wie viele Schwerkranke litten unsäglich und wurden in diesem Augenblick mit schreckgeweiteten Augen irgendwo auf dieser Welt an Beatmungsgeräte angeschlossen?

Am späten Nachmittag pochte jemand an die Wohnungstür. Monja war gerade erst zurückgekommen.

Monja ging zur Tür und rief: „Wer ist da?"

„Lasst mich rein!"

Monja sah Sarah fragend an: „Ist er das?"

Sarah saß auf einem Kissen, hatte die Knie an die Brust gezogen und hielt die Beine mit den Armen umklammert. Sie nickte mehrmals ruckhaft und war leichenblass. Währenddessen pochte er wiederholt gegen die Tür. Monja ging zu ihrem Festnetztelefon, rief die Polizei an und sagte, dass ein fremder Mann vor ihrer Wohnung randaliere und sie Angst hätte, dass er eindringen würde.

Nachdem wir nicht reagierten, schlug Torben noch heftiger auf die Tür ein und rief wütend: „Macht sofort auf!"

„Keine Sorge, die Tür hält. Ihr zwei geht ins Bad und schließt euch ein – und kein Mucks."

„Lasst mich jetzt endlich rein, sonst schlage ich das verdammte Ding ein!"

Torben hämmerte und trat immer stärker gegen die Tür, aber dann waren Polizeisirenen zu hören.

„Er läuft die Treppe runter." Wir hörten Monjas Stimme, während ich versuchte, Sarah zu beruhigen, indem ich sie in meine Arme nahm. Dann hörten wir, wie Monja die Wohnungstür hinter sich zuzog und abschloss. Wir verließen das Bad erst, als Monja wieder in der Wohnung war und rief: „Ihr könnt rauskommen. Er ist weg."

Monja erzählte uns, nachdem der Spuk vorüber war, wie das Ganze abgelaufen war. Die Polizei hatte Torben, der flüchten wollte, gestellt und ihn aufgefordert, sich auszuweisen. Monja war nach unten gegangen und hatte den Polizisten mitgeteilt, dass Torben versucht hatte, gewaltsam in ihre Wohnung einzudringen.

Torben hätte erwidert, dass Monja seine Frau verstecken würde.

„Nicht gegen ihren Willen", hatte Monja erklärt.

Monja sagte den Polizisten, dass sie Anzeige gegen Torben erstatten würde, dass er gefährlich sei und seine Frau geschlagen habe. Torben habe daraufhin angefangen zu toben und zu schreien, dass er seine Frau da rausholen werde. Daraufhin seien sie mit ihm weggefahren.

„So, jetzt rufe ich erst einmal meinen Anwalt an."

„Du hast einen Anwalt?", fragte ich erstaunt.

Das passte so gar nicht zu Monja.

„Allerdings. Als Festangestellte kann ich mir das glücklicherweise leisten. Ich hatte schon einmal Gelegenheit, ihn anzurufen."

„Wie hat er uns überhaupt gefunden?", fragte ich.

Sarah sprach sehr leise und sagte das erste Mal etwas, seit Torben an die Tür gepoltert hatte: „Er kam einmal mit auf eine Demonstration und ich habe mich damals mit Monja unterhalten. Also hat er Monja wohl irgendwo gesehen und ist ihr gefolgt. Vielleicht hat er an der Tür gelauscht und unsere Stimmen gehört."

„Dieses Haus ist so alt und hellhörig, hier hört man alles und jeden", bestätigte Monja und rief: „Lasst uns was kochen. So können wir diese Geschichte am schnellsten vergessen."

Monja war wirklich ein Fels in der Brandung. Mein Respekt vor ihr stieg.

Die Tage, in denen wir in Monjas Wohnung eingesperrt waren, vergingen sehr langsam. Das Gute daran war, dass wir uns nicht anstecken konnten. Vor allem anderen hatte ich Angst um Sarah, die jeden Abend vor dem Schlafengehen ihr Asthmaspray benutzte. Monja ging täglich einkaufen und sammelte Kräuter. Sie trug ausschließlich lange violette, orangefarbene oder grüne Röcke, und kam mir wie eine versponnene, aber äußerst wohlwollende Kräuterhexe vor. Mit gewisser Sorge registrierte ich, dass Monja und Sarah sich manchmal absonderten, um sich angeregt im Flüsterton zu unterhalten. Ich verstand kein Wort, weil Monja bei solchen Gelegenheiten eine ihrer verkratzten Platten laufen ließ und sie sich wohlweislich in eine andere Ecke des Zimmers zurückzogen. Wieder einmal saßen sie im Küchenbereich, während ich halbversunken im Kissen-Decken-Lager aus purer Langeweile in einem ihrer Kochbücher blätterte, denn Monja hatte alles, aber keine Belletristik in der Wohnung.

Sie tuschelten bereits seit einer halben Stunde angeregt miteinander. Schließlich traten sie vor mich und verkündeten feierlich: „Wir fahren nach Stuttgart auf die Demo."

„Wann?"

„Morgen."

„Kommst du mit?"

In diesem Moment hatte ich das Gefühl, dass etwas nicht stimmt. Dass ich hier mehr und mehr in etwas hineingeriet, das nicht zu mir passte. „Nein, ich bleibe lieber hier. Mir ist gerade so gar nicht nach Reisen zumute."

Ich beschloss, die Dauer ihrer Abwesenheit zu nutzen, um etwas zu arrangieren, damit ich endlich hier herauskäme. Schließlich konnte ich nicht ewig in Monjas Wohnung bleiben. Es wurde höchste Zeit, dass ich auf eigenen Beinen stand. Als Monja die Wohnung verließ, um einzukaufen, versuchte ich, Sarah vor den Gefahren einer Ansteckung auf der Reise zu warnen. Völlig vergeblich. Meinen Hinweis auf ihr Asthma entkräftete sie, indem sie sagte, dass sie dies schon ihr ganzes Leben lang habe und immer damit zurechtgekommen sei. Es würde auch diesmal schon schiefgehen. Und sowieso müsse sie jetzt endlich einmal die Wohnung verlassen und etwas anderes sehen. Ob mir das nicht auch so ginge. Zudem wäre sie in Stuttgart sicherer vor Torben, als wenn sie hier auf die Straße ginge.

Sobald sich die Tür frühmorgens hinter den beiden Frauen schloss, nahm ich mein Smartphone zur Hand, das nicht eingeschaltet sein durfte, wenn Monja in der Wohnung war und durchforschte mein Adressbuch. Ich ging Name für Name die Kontakte durch und suchte jemanden, an den ich mich wenden konnte – der Freund genug war, mich aufzunehmen, bis es mir gelingen würde, auf eigenen Beinen zu stehen. Ich schrieb Whatsapps, tippte mühsam lange, erklärende E-Mails auf dem Smartphone-Bildschirm und sogar mehrere SMS. Im Laufe des Tages antworteten einige, die ich angeschrieben hatte. Ich hatte meine Situation geschildert und gefragt, wer mich zwei bis drei Monate bei sich unterbringen könne, bis ich einen Job und eine kleine Wohnung, vielleicht auch nur ein Zimmer haben würde. Hauptsache etwas Eigenes, unabhängig von Cynthia, Monja oder sonst jemandem. Ich wollte nochmals von vorne anfangen. Nicht mehr und nicht weniger. Aber alle bedauerten, dass es ihnen nicht möglich sei, mich gerade jetzt für so eine lange Phase zu beherbergen. Ich klingelte weder um Mitternacht an einer Haustüre noch hatte ich die viel zitierte Leiche im Kofferraum, um festzustellen, wer ein wirklicher Freund war. Es genügte, dass ich nach einer Unterkunft – für zugegebenermaßen ein paar Monate – fragte, um enttäuscht zu werden.

Aber es waren auch denkbar schlechte Zeiten für solch eine Anfrage. Wahrscheinlich hatten alle, vor allem Familien mit Kindern, bereits den absoluten Lagerkoller. Zudem noch jemanden aufzunehmen, der wegen Beziehungsproblemen anfragte – das war dann wohl etwas zu viel erwartet.

Schließlich erinnerte ich mich an Felix, einen alten Studienfreund, den ich seit – ich rechnete – dreizehn Jahren nicht gesehen hatte. Ich hatte keine Telefonnummer, fand ihn nicht auf Facebook, auch nicht über eine Suchmaschine, aber in den unendlichen Tiefen meines E-Mail-Posteingangs dümpelte eine uralte Nachricht herum. Ich fragte mich, ob er wie ich all die Jahre die E-Mail-Adresse nicht verändert hatte.

Trotz dieser Unsicherheit musste ich es versuchen, nervös tippte ich nochmals ein paar Zeilen, schilderte meine Situation und fragte abschließend, ob ich bei ihm wohnen könne. Falls ihn meine E-Mail erreichen und er mir zusagen würde, brauchte ich nur noch Geld. Hoffentlich hatte Cynthia die Karte nicht sperren lassen. Schließlich war es eine Zweitkarte ihres Kontos. Aber dazu müsste ich die Wohnung verlassen. Natürlich hatte Monja mich eingeschlossen. Morgen könnte ich mich einfach verabschieden. Monja konnte mich schließlich nicht daran hindern. Aber es war vorerst besser, eine Auseinandersetzung zu vermeiden. In diesen Zeiten war es gut, einen sicheren Rückzugshafen zu haben, vor allem, bis ich eine brauchbare Alternative hatte.

Felix meldete sich eine Stunde später. Er wohne in Nürnberg, hätte genug Platz und ich wäre jederzeit willkommen. Ich konnte also tatsächlich bei ihm unterkommen. Dankbarkeit überflutete mich. Alles Weitere würde sich finden. Es war noch nicht zu spät, auf eigenen Beinen zu stehen. Ich benötigte nur mein Diplomzeugnis und ein paar Unterlagen, damit ich mir nach so langer Zeit eine Stelle suchen konnte.

Durch die Trennung von Cynthia war ich auf die Ausgangsposition zurückgeworfen worden. Es würde keine Acht-Gänge-Menüs mehr geben und erlesene Weine gehörten der Vergangenheit an – stattdessen würde ich vorerst bei einem Freund wohnen, beim Discounter einkaufen und mir eine Arbeit suchen. Ein Schuhkarton mit Büchern würde mein wertvollster Besitz sein. Ich wollte versuchen, ganz von vorne anzufangen. Sicherlich war ich nicht der Einzige, der in diesen

Zeiten dazu gezwungen wurde, einen Neubeginn zu wagen.

Es war seltsam, einen ganzen Tag allein in Monjas wunderlicher Wohnung zu sein. Mehrmals kam der Gedanke auf, ob es nicht doch besser gewesen wäre, draußen zu bleiben, statt hier in einem goldenen, muffigen Käfig zu hausen. Monja und Sarah kamen mitten in der Nacht zurück. Ich schlief bereits und hörte nicht einmal, wie sie hereinkamen. Erst als sich Sarah an meinen Rücken schmiegte und flüsterte: „Hast du mich vermisst?", wusste ich, wie sehr sie mir gefehlt hatte. Im nächsten Moment hörte ich das Rauschen der Toilette und murmelte: „Ja, sehr", bevor Monja sich neben uns auf das Sofa legte und kurz darauf die Nacht mit leisen Schnarchseufzern begrüßte. Als ich einschlief, spürte ich Sarahs Lippen in meinem Nacken.

Sarah und ich standen in der Küchenecke und spülten das Frühstücksgeschirr, während Monja sich anzog, um auf den Wochenmarkt zu gehen. Kaum waren wir allein in der Wohnung, fragte Sarah mich: „Sind wir jetzt zusammen?"

„Ich glaube schon."

„Dann frag mich doch mal."

„Willst du überhaupt mit mir zusammen sein?"

„Wieso überhaupt?"

„Also willst du …"

Sarah schlang die Arme um meinen Nacken: „Mein lieber Clemens, du bist so herrlich umständlich und kompliziert."

Endlich küssten wir uns. Das Warten hatte sich mehr als gelohnt. Ich machte wohl immer noch einen verwunderten Eindruck, denn Sarah sagte: „So einfach ist das."

Daraufhin wurde es Zeit, Sarah anzuvertrauen, dass ich einen alten Freund kontaktiert hatte.

„Dort können wir ein neues Leben beginnen."

Ich hatte Felix zwar nicht gefragt, ob er mich auch mit Partnerin aufnehmen würde, aber das setzte ich in diesem Moment einfach voraus – sonst würde ich für uns eine andere Möglichkeit finden.

„Kommst du mit?"

„Natürlich. Das ist von nun an so. So leicht wirst du mich nicht mehr los."

„Wir brauchen noch Geld für die Reise. Und dafür muss ich die Wohnung verlassen."

„Wo willst du denn hin?"

„Ich habe eine Geldkarte, aber die ist für Cynthias Konto. Vielleicht muss ich mein Sparbuch holen."

„Wo?", fragte Sarah misstrauisch.

„In ihrem Haus."

„Du bist mutig."

„So viel Mut gehört nicht dazu. Schließlich ist es mein Sparbuch. Cynthia ist nicht gefährlich. Sie betrügt mich nur und ist – grässlich."

„Aber wie wollen wir jetzt hier herauskommen? Monja hat die Türe abgeschlossen."

„Da fällt uns sicherlich was ein. Wir müssen nur überlegen."

„Wir könnten es einfach Monja sagen, wenn sie zurückkommt."

„Wir sagen es ihr besser erst, wenn wir das Geld für die Reise haben."

Im Verlauf der nächsten Tage wurde die Stimmung immer angespannter. Manchmal war die Luft zum Schneiden. Zu dritt in einem Zimmer zu hausen, war auf Dauer eben doch kein Idyll, sondern eine Zumutung. Es blieb unausgesprochen, aber wir gingen uns bereits etwas auf die Nerven. Vielleicht lag es auch daran, dass Sarah und ich nun ein Paar waren, wobei wir uns aus irgendeinem Grund zurückhielten, dies Monja zu zeigen. Vielleicht weil es unvorhersehbar war, wie sie reagieren würde. Wir kuschelten uns nachts, wenn sie eingeschlafen war, aneinander und küssten uns. Monja hingegen verlegte sich mehr und mehr aufs Lamentieren: „Für eine Jüngere hat er mich verlassen. Zu ihr ist er nach all den gemeinsamen Jahren gezogen."

Und als ob sie etwas ahnte, bat sie: „Verlasst mich bitte nicht auch noch. Ich kann jetzt nicht alleine sein. Ihr seid nun meine Familie."

Ständig erinnerte Monja uns daran, dass wir uns nicht einmal im Treppenhaus blicken lassen dürften, weil in einer Wohnung nicht zu viele Personen erlaubt seien. Das Ganze könne sie teuer zu stehen kommen. Wobei ich mir nicht sicher war, ob diese Regelung noch galt oder bereits aufgehoben oder geändert worden war. Es herrschte eine gewisse Verwirrung hinsichtlich der Verordnungen und aus unerfindlichen Gründen hatte ich keine Lust, die aktuelle Sachlage zu recherchieren.

„Tut mir das nicht an", rief Monja oft unvermittelt aus, ohne zu sagen, was genau sie damit meinte. Wenn wir in der Wohnung blieben, dann würde alles wieder in Ordnung kommen. Wir müssten nur abwarten. Wer genug Geduld zeige, würde überleben, während die Welt im Chaos versank.

Erneut sagte Monja während des Frühstücks: „Wir sind eine Familie. Findet ihr nicht auch?"

Sarah nickte gelassen und sagte fröhlich: „Ja, wir sind wie eine Familie."

Als Monja die Wohnung verlassen hatte, fragte ich Sarah: „Warum bestätigst du sie auch noch darin?"

„Worin?"

„In dieser Familien-Manie."

„Weil sie das hören will und vielleicht gerade irgendwie braucht."

„Ich weiß nicht, ob das gut ist."

„Es tut uns doch nicht weh. Siehst du nicht, wie sie sich darüber freut?"

„Doch. Ich habe ihr Gesicht gesehen und das macht mir Angst. Zudem kann ich keinen Tag länger heißen Kakao zum Frühstück trinken. Und ich kann weder Grießbrei noch Pfannkuchen und auch keine Wildblumen-Kräutersalate mehr sehen."

„Ja, und heute Abend will sie, dass wir zusammen etwas spielen", lachte Sarah und ich bewunderte ihre Geduld und Güte.

„Wir spielen jeden Abend Monopoly, Malefiz oder Mensch ärgere Dich nicht. Alle ihre Spiele beginnen mit M. Ist das nicht seltsam?"

„Was für eine gewagte Verschwörungstheorie", lachte Sarah. „Aber ich glaube, du moserst nur herum, weil du meistens verlierst."

Ich freute mich, Sarah so heiter zu sehen. Irgendwie war sie in diesen Tagen die Fröhlichste und Ausgeglichenste von uns dreien.

„Was schreibst du da, Clemens?", fragte Monja nach dem Abendessen.

Ich hatte es mir zur Gewohnheit gemacht, aus purer Langeweile, weil wir täglich vierundzwanzig Stunden in dieser Ein-Raum-Wohnung eingesperrt waren, mich auf meine alte Leidenschaft, das Schreiben, zurückzuziehen. Um in meine eigene Welt zu flüchten und alles um mich herum zu vergessen. Stimmen und Gegenstände versanken und ich lebte ausschließlich in meiner Fantasie. Abgesehen davon hatte ich in den letzten Tagen bereits die Fenster geputzt, mit Monja ein Puzzle mit 5000 Teilen zusammengesetzt, dank eines alten, leider unvollständigen Zauberkastens, eine Show für Monja und Sarah aufgeführt, Sarah zweimal zum Mühle-Spiel überredet, wofür sie sich jedoch nicht begeistern konnte. Weiterhin schnitt ich aus alten Zeitschriften Bilder aus und fertigte eine Collage an, überredete die Frauen dazu, Postkarten mit guten Wünschen zu schreiben, die wir uns in einem Jahr zusenden würden. Ich bot Monja an, ihre Wohnung aufzuräumen, was sie ablehnte. Alles wäre einfacher gewesen, wenn die Frauen Skat gespielt hätten, denn damit kann man sich ganze Abende lang die Zeit vertreiben. Also war ich zu meiner alten Leidenschaft, dem Schreiben, zurückgekehrt.

„Ach, nichts Besonderes."

„Das ist eine sehr aufschlussreiche Antwort", lachte Sarah.

„Ich rede nie über das, was ich schreibe, während ich daran arbeite."

„Das verstehe ich", sagte Monja, was mich überraschte. „Schreibst du nur für dich?"

„Nein, eigentlich nicht."

„Für wen schreibst du dann?", fragte Sarah.

„Wollt ihr die kurze oder die lange Antwort?"

„Es ist ja nicht so, dass wir keine Zeit hätten," grinste Sarah.

„Also ich stelle mir meine Leserin oder meinen Leser oft als jemanden vor, der abends ausgelaugt von seinem anstrengenden, schlecht bezahlten Job in seine kleine Wohnung kommt und sich müde auf seinem Lieblingsplatz niederlässt. Er ist total erschlagen und sucht am Ende des mühseligen Tages etwas, das ihm wenigstens noch ein klein wenig Vergnügen bereitet, bevor er ins Bett geht und der nächste belastende Tag vor ihm steht wie ein Schweizer Bergmassiv. Vielleicht schreibe ich für den Sechzigjährigen, der auf dem Bau arbeitet, abends jeden seiner Knochen einzeln spürt und den die jungen Kollegen leichtfertig als „alten Sack" verspotten. Vielleicht liest eine unterbezahlte Verkäuferin oder eine überlastete Krankenschwester, die nachts allein fünfundzwanzig Patienten versorgen muss, oder ein ausgebeuteter rumänischer Arbeiter, der irgendwo in einer fensterlosen Kühlhalle Rinderhälften zersägt, oder ein Fließbandarbeiter, der unsagbar unter der Monotonie leidet, oder ein Lkw-Fahrer, der jeden Tag aufs Neue in einem jener vieltausendmal verwünschten, kilometerlangen Staus steht, einen meiner Texte und findet etwas Trost darin. Ich habe keine Ahnung, wer meine Leser sein werden. Aber wenn, dann schreibe ich für all jene, denen meine Geschichten helfen, die hässliche und nervige Welt für ein paar Stunden zu vergessen."

Das Paar, welches sich auf der Demo untergehakt hatte, kam bei Monja vorbei. Sie wollten über den Ablauf der nächsten Demo reden, die im Stadtgarten stattfinden sollte. Wir saßen und lagen bunt gewürfelt auf dem Kissen- und Deckenlager. Monja und das Paar besprachen angeregt das alles beherrschende Thema. Sarah und ich gefielen uns in der Rolle von Zuhörern. Sarah lauschte gebannt, sie genoss die Gemeinschaft und hatte sich rücklings an mich gelehnt. Ihr Hinterkopf lag auf meiner Brust, sie schob ihre Hände unter meine Hosenbeine und massierte gemächlich meine Waden. Wie lange hatte ich solch eine unschuldige Berührung vermisst? Das tat so gut und ich hoffte, ewig hier sitzen zu können. Es war das erste Mal, dass Sarah vor anderen unsere Zusammengehörigkeit demonstrierte. Wahrscheinlich wusste Monja sowieso längst, dass wir ein Paar waren.

Als ich zu meiner Meinung gefragt wurde, antwortete ich auf meine eigene Weise: „Diese Epidemie wird irgendwann vorüber sein. Aber sie wird nicht schnell vergessen werden, denn sie fordert viel zu viele Opfer. Sie wird die Regeln, unter denen sich die Menschheit zu leben verpflichtet hat, leider nicht wesentlich verändern. Es wird Verschiebungen von Besitz und Reichtum geben. Es wird massenweise Verlierer und Gewinner geben – wie bei jeder neuen Entwicklung, sei es die Globalisierung oder die Digitalisierung.“

„Interessanter Punkt, interessanter Punkt“, meinte die Frau, während ihr Mann zustimmend nickte, woraufhin die drei sich wieder den praktischen Belangen der Demo widmeten. Vor allem überlegten sie, wie sie mehr Teilnehmer für die offiziell angemeldete Demo gewinnen konnten.

Irgendetwas hatte gefehlt. Und dann wurde mir bewusst, dass einer jener vernichtenden

Kommentare ausgeblieben war, mit denen Cynthia, wäre sie hier gewesen, meine Aussage kommentiert hätte.

Die Flucht

Tagelang überlegte ich angestrengt, wie wir die Wohnung verlassen könnten, ohne Monja vor den Kopf zu stoßen und nicht zu früh unsere Bleibe zu verlieren. Wenn sie ging oder kam, schloss Monja die Tür ab. Der Schlüssel hing an einer Schnur um ihren Hals. Sie schlief auf dem breiten Sofa, während wir uns daneben auf unserem gemütlichen Lager betteten. Wir waren eine ungewöhnliche Symbiose eingegangen. Die Welt erschien mir in diesen einzigartigen Tagen sehr vielfältig in ihren Ausprägungen, geradezu unendlich in ihren Möglichkeiten. Nie hätte ich gedacht, dass ich je in so eine Situation geraten könnte.

Vor dem Einschlafen sann ich erneut nach. Vielleicht hatte ihr Ex-Freund noch einen Zweitschlüssel. Aber ich kannte ihn nicht, könnte aber Monja nach ihm fragen. Natürlich unauffällig, auf Umwegen. Das war die Lösung: ein weiterer Schlüssel. Ein Zweitschlüssel! Wahrscheinlich hatte sie diesen irgendwo in der Wohnung versteckt. Auf den Fensterbänken standen viele

Pflanzen und wenn Monja verreiste, musste jemand diese gießen. Vielleicht hatte diejenige Person dauerhaft einen Schlüssel, vielleicht bekam sie diesen aber auch nur temporär. Sobald Monja unterwegs war, konnten wir danach suchen. Es war einen Versuch wert.

Der nächste Morgen kam. Ungeduldig wartete ich darauf, dass Monja die Wohnung verließ.

„Ist was, Clemens?", fragte Monja, während sie auf dem Müsli aus frisch gemahlenem Getreide herumkaute.

„Nein, nein, alles gut."

„Du wirkst so abwesend."

„Ich war nur in Gedanken."

„Ich weiß", sagte Monja, „das ist eine schwierige Zeit. All diese bescheuerten Beschränkungen."

Eigentlich hätte ich gerne gesagt: „Aber uns geht es doch noch gut. Die armen Italiener, Spanier und Franzosen haben Ausgangssperre." Aber ich war mir nicht sicher, ob dies noch so war. Es wurde Zeit, mich zu informieren, um zu wissen, was in der Welt da draußen vor sich ging.

Aber Sarah und ich hatten Ausgangssperre. Das war der Preis für Unterkunft und Logis. Mit irgendeiner Währung bezahlt man immer.

Nachdem Monja endlich die Wohnung verlassen hatte, beschwor ich Sarah: „Lass uns nach einem Zweitschlüssel suchen. Wir müssen nur alles an Ort und Stelle belassen, damit sie nichts merkt. Und wenn sie argwöhnisch wird, dann sagen wir, ich hätte mein Handy verlegt und wir hätten überall danach gesucht."

Die Suche begann. Genau betrachtet ist es ziemlich verrückt, wie viele Dinge sich in einem normalen Haushalt befinden. Ich glaubte, irgendwo gelesen zu haben, dass sich in einer durchschnittlichen Wohnung um die fünfzigtausend Gegenstände ansammeln. Grotesk war es in Monjas Bleibe. Es war natürlich unmöglich, alles zu zählen. Aber es gab mehrere Truhen, zwei bemalte Bauernschränke, zudem waren da diese alten Kommoden und alles war bis obenhin vollgestopft. Es war, als ob Monja fünf Großmütter beerbt hätte. Wir staunten nicht schlecht, als wir einen muffigen Bauernschrank öffneten und in einem Karton vierundzwanzig Suppenkellen zählten.

„Ob sie damit auf Flohmärkte geht?", fragte Sarah.

„Ich glaube nicht, sonst hätte sie das Zeug ja längst verkauft."

Nach drei Stunden staubiger Suche fand Sarah einen Schlüssel am Boden eines altertümlichen

Nachttopfs. Das Türschloss zu öffnen, erzeugte ein äußerst wohltuendes Geräusch. Wir betraten das Treppenhaus, kehrten aber rasch in die Wohnung zurück, sperrten uns lächelnd ein und deponierten unseren Fund im Nachttopf.

„Ich gehe morgen los und hole Geld. Dann können wir endlich weg von hier. Auf den einen Tag kommt es jetzt auch nicht mehr an."

Monja kam und schien nichts zu bemerken. Wir aber versuchten, uns nicht anders zu verhalten als sonst, obwohl uns die Vorfreude, endlich diesen Raum zu verlassen, ständig ein breites und verräterisches Grinsen ins Gesicht zaubern wollte.

Wenige Minuten nachdem Monja am nächsten Tag die Wohnungstür hinter sich abgeschlossen hatte, wir standen am Fenster und beobachteten, wie sie auf ihr Fahrrad stieg – verließ ich das Haus. Einige Passanten hielten Mund und Nase mit einer Maske bedeckt. Manche hatten sie unter das Kinn geschoben, eine trug sie am Ellenbogen und einer hatte sie mitten auf der Brust an einem Hemdknopf eingehakt. Am Bankomaten musste ich feststellen, dass Cynthia ihrem Charakter entsprechend gehandelt hatte. Sie hatte die Karte sperren lassen. Ihr gutes Recht. Schließlich war es eine Zweitkarte für ihr Konto. Nun blieb nichts anderes übrig, als mich auf den Weg zu ihrem

Haus zu machen. Immerhin gab es noch mein gutes altes Postsparbuch im Schrank am Ende des Flurs. Das hatte ich bei meinem überstürzten Aufbruch völlig vergessen. Jahrelang hatte ich es nicht mehr angefasst, schließlich war es meine eiserne Reserve gewesen. Das Guthaben musste um die zweitausend Euro betragen. Mehr als genug für die Reise zu Felix. Hoffentlich reichte es für einen Neuanfang. Arbeit zu finden, würde in diesen Zeiten schwierig genug werden. Aber in ein paar Monaten könnte die Welt anders aussehen. Nur wie? Hoffentlich rutscht die Welt nicht in eine wirtschaftliche Depression mit unabsehbaren, fatalen Folgen, dachte ich, während vor mir jenes Haus auftauchte, in dem ich so lange gelebt hatte. Der Schlüssel passte nicht mehr. Was hatte ich erwartet? Das war typisch Cynthia. Es blieb also nichts anderes übrig, als die Klingel zu betätigen. Sie öffnete und mir schien es einen Augenblick lang so, als würde sie sich über meinen Anblick freuen. Der Anflug eines Lächelns erhellte ihr Gesicht, aber im nächsten Moment sagte sie kühl und durchaus hochnäsig: „Kommst du doch noch zurück."

„Darf ich hereinkommen?"

„Warum?"

„Weil ich nicht gerne an der Haustür mit dir rede wie ein Vertreter."

„Wer sich bei Nacht und Nebel davonschleicht, muss mit so etwas rechnen."

Wenn ich ihr sagen würde, dass ich nur wegen des Sparbuchs hier war, würde sie mir die Tür vor der Nase zuschlagen, mein Sparbuch herauskramen und in ihr verdammtes Bankschließfach legen, auf das ich nie Zugriff bekommen würde. Außer ich beschäftigte eine Armada von Anwälten, die ich nicht bezahlen konnte. Jedoch hatte ich aus irgendeinem Grund das Gefühl, dass Cynthia sich freute, mich zu sehen. Dies war momentan mein einziges Kapital. Lief es mit Ismar nicht wie erwartet? Vermisste sie mich etwa? Hatte sie sich womöglich meinetwegen Sorgen gemacht?

„Willst du mich nicht anhören?"

„Ich höre."

„Wie gesagt: Ich würde gerne drinnen mit dir reden."

„Meine Ohren funktionieren auch hier wunderbar."

„Gut. Ich habe es probiert."

Ich straffte meinen Rücken, drehte mich um und stakste die Stufen vor der Haustür hinunter.

„Warte."

Ich hielt inne, drehte mich aber nicht um.

„Dann komm schon rein."

Kaum war ich im Haus, ging ich in Richtung meines Schrankes.

„Wo gehst du hin?"

Ich blieb stehen und schaute sie an: Sie hatte ihr bestes Lächeln aufgesetzt. Cynthia konnte, wenn sie wollte, sehr verführerisch lächeln und auch sein. Deshalb war ich wohl trotz allem jahrelang mit ihr zusammen gewesen. Sie sagte in einem Tonfall, den ich schon sehr lange nicht mehr gehört und zu lange vermisst hatte: „Wieso so eilig? Wir können ins Wohnzimmer gehen. Ich kann uns einen kleinen Imbiss zurechtmachen. Dazu ein Glas deines Lieblingsweißweins. Wie hört sich das an?"

Ich ließ einige Sekunden vergehen, bis ich zum finalen Schlag ansetzte: „Ich hole nur ein paar Sachen."

„Jetzt sag nur, du hast eine neue Bleibe gefunden. Aber wo?"

„Es kann dir ja nur recht sein. Dann störe ich dich und Ismar nicht länger."

„Ismar und seine blöde Schnepfe. Dazu noch die kleine Heulboje! Aber das ist jetzt nicht so wichtig. Aber du – jetzt sag schon, wo willst du hin?"

„Ich glaube nicht, dass ich dir das sagen will."

„Hast du wieder eine Dumme gefunden, die sich um dich kümmert?"

„Und falls es so wäre, was geht dich das noch an?"

„Was für eine Frage? Wir führen eine Beziehung."

„Führ*ten*."

Cynthia sah mich konzentriert an.

„Ich weiß, dass ich mich jetzt weit aus dem Fenster lehne – aber ich will dich zurück, Clemens."

Eigentlich hatte ich wie ein Überfallkommando nur kurz hinein- und so rasch wie möglich mit meiner Beute wieder herausgewollt. Aber die Neugier siegte. Ich wollte wissen, was Cynthia zu sagen hatte.

„Wodurch wurde dieser Sinneswandel ausgelöst?"

„Es wurde alles anders, als du weg warst. Das mit Ismar fühlte sich danach fast an wie eine Ehe – und zwar eine äußerst langweilige. Nachdem wir uns jeden Tag in der Mittagspause sahen, fehlte etwas. Und wenn sogar eine Stunde zu viel Zeit ist, die man zusammen verbringt … Ich habe jedenfalls schnell gemerkt, dass ich deine ruhige Art vermisse. Ismar ist im Grunde nur zynisch und negativ. Und ich tauge wohl nicht als Geliebte. Ich will einen Partner, der immer da ist und nicht nur kommt, um eine Stunde später wieder zu gehen. Zudem verspüre ich absolut keine Lust, Weihnachten alleine zu verbringen. Wir können natürlich auch nicht gemeinsam in den Urlaub fahren, da er es vorzieht, mit seinem Knirps Sandburgen an überfüllten Adriaständen zu bauen."

„Ohne mich als Betrogenen war es also schnell langweilig?"

„Ich gestehe, dass der Reiz, den Affären so mit sich bringen, es wahrscheinlich interessanter gemacht hat, als es im Grunde war. Ich weiß auch, dass ich furchtbar war, Clemens. Aber ich habe etwas gelernt – und ich verspreche dir: Ich werde es wiedergutmachen."

Scheinbar war Ismar eine Luftnummer gewesen. Und sie hatte vor allem der Spott über mich zusammengehalten. Als Paar auf sich gestellt war wohl schnell das Interesse aneinander erloschen. Wie interessant! Und ich hatte mir in meinen düstersten Fantasien ausgemalt, wie Ismar bei Cynthia einzog und meine Stelle einnahm. Immer wieder hatte ich mich daran erinnert, dass es mit Cynthia zu Anfang sehr aufregend gewesen war, was natürlich die wunderbarsten Qualen hervorgerufen hatte.

„Also war Ismar nicht bereit, Linda für dich zu verlassen?"

„Ismar hat ungeschickterweise ein Kind mit Linda. Mehr als eine Affäre war also wohl von Anfang an nicht drin. Ismar kam dann auch nicht mehr in jeder Mittagspause, dafür manchmal abends direkt aus dem Büro. Für maximal zwei Stunden, bevor er brav zu seinem süßen und naiven Frauchen trottete. Ach, es war eine ganz bescheuerte und unhaltbare Situation."

„Als ich ging, warst du wohl *nur* noch die Geliebte, die darauf wartet, dass sie mit ihrem Liebhaber ein paar flüchtige Augenblicke verbringen kann. Du warst nicht länger eine Frau, die einen Mann in der Hinterhand hat und sich das prickelnde Abenteuer erlaubt, diesen zu betrügen. Aber du erwartest doch nicht, dass ich das zu meinem Problem mache?"

„Hör mal, Clemens. Lass uns das einfach alles in Ruhe besprechen. Ich bin sicher, wir finden eine Lösung."

Inzwischen war ich zum Schrank gegangen und hatte mein Sparbuch hervorgekramt. Cynthia dachte wohl zunächst, ich suche einen Norwegerpullover oder so etwas in der Art.

„Weißt du was, Cynthia?! – Vergiss es!", rief ich und streckte triumphierend das Sparbuch in die Höhe.

Cynthia baute sich vor mir auf. Ich versuchte, um sie herumzugehen, aber sie versperrte mir den Weg. Also schob ich sie vorsichtig zur Seite, woraufhin sie sich an mir festklammerte. Sie hielt meinen Bauch umschlungen, ließ sich zu Boden sacken und machte sich so schwer wie möglich.

Sie, die erfolgreiche Unternehmerin, verhielt sich wie ein vierjähriges Kind. Mühsam und vorsichtig schleppte ich sie mit mir.

Sie ließ erst los, als es mir endlich gelang, die Haustür zu öffnen. Ich hatte nicht erwartet, meine taffe Ex-Partnerin sprichwörtlich am Boden zu sehen. Einer Eingebung folgend, drehte ich mich zu ihr um: „Vielleicht verrätst du mir, bevor ich gehe, die Wahrheit."

Cynthia blieb am Boden sitzen, während sie sagte: „Linda hat von unserer Affäre erfahren. Sie hat Ismar mit der Scheidung gedroht. Er hat angerufen und gesagt, dass wir uns nicht mehr sehen können."

Wie schnell das nun alles ging: Elf Jahre hatte ich mit Cynthia verbracht. Jeden Tag hatte sie eine Rolle in meinem Leben gespielt. Der letzte Abschnitt unserer Beziehung war von Resignation geprägt gewesen. Aber dennoch: Sie war in der gesamten Zeit die wichtigste Person in meinem Leben gewesen. Und jetzt – war sie eine völlig Fremde für mich. Sie interessierte mich nicht im Geringsten. Natürlich hatten wir eine Phase der Entfremdung hinter uns, waren uns längst überdrüssig gewesen, dazu kam die Demütigung des Betrugs. Dennoch: Es war eine ernüchternde Bilanz. Ich fühlte nichts mehr für Cynthia und wollte sie nur noch vergessen. Als ich auf dem Weg zu Monjas Wohnung war, in der Sarah auf mich wartete, fragte ich mich, ob das Ende unserer Beziehung wirklich so hässlich hatte sein müssen. Wäre auch eine harmonische Trennung möglich gewesen?

Monja empfing mich an der Haustür. Sie bat mich nicht herein, sondern sah mich strafend an.

„Lässt du mich nicht herein?"

„Man läuft in diesen Zeiten nicht einfach so weg."

„Du hast uns jedes Mal eingeschlossen und das war nicht gerade einfach."

„Zu eurer eigenen Sicherheit. Torben ist gefährlich. Ihr hättet früher oder später die Wohnung verlassen, wenn ich nicht abgeschlossen hätte."

„Ja, wahrscheinlich irgendwann schon."

„Wie du weißt, hat Sarah Asthma. Wenn du dich irgendwo angesteckt hast, während du draußen warst …"

„Ich war vorsichtig. Ich habe nur eine Person getroffen."

„Das kann genügen."

„Monja, lässt du mich jetzt endlich rein? Ich würde gerne mit Sarah reden."

„Nun gut. Aber wenn sie nichts mehr mit dir zu tun haben will, dann musst du gehen."

„Einverstanden."

„Dann lasse ich euch mal besser allein", sagte Monja und verließ die Wohnung.

Sarah stand am Fenster und wandte mir den Rücken zu.

„Hallo Sarah."

„Ist irgendetwas?", fragte ich, da sie sich weder bewegte noch antwortete.

„Du hast mich belogen."

„Nicht dass ich wüsste."

„Ich habe dein Manuskript gelesen."

„Hat es dir nicht gefallen?"

„Du schreibst da ganz anders, als du redest. Du machst dich über die Demo lustig – und über mich."

„Über dich? Nein. Ganz sicher nicht."

„Du schreibst, dass mir die Demo nur wegen der Gemeinschaft wichtig ist und solche Dinge. Als wäre ich ein naives Dummerchen."

„Das ist ganz und gar nicht meine Meinung."

„Wir denken völlig unterschiedlich über die Sache."

„Ich bin ja auch noch nicht fertig. Etwa fehlt der politische Aspekt des Ganzen noch."

„Politik? Ist das denn so wichtig?"

„Ja, etwa die Gefahr, die Demonstrierenden über einen Kamm zu scheren und Sammelbegriffe wie Verschwörungstheoretiker zu verwenden. Damit kann man alles abtun. Aber solche Bewegungen sind meist sehr vielseitig. Und es ist gefährlich, zu verallgemeinern. Manche sind vielleicht wirklich so etwas wie Verschwörungstheoretiker. Aber die Demonstrierenden haben sicherlich die unterschiedlichsten Motive. Und all denen wird der Begriff Verschwörungstheoretiker einfach mit aufgedrückt."

„Das höre ich das erste Mal von dir."

„Ich weiß."

„Und du wirst es noch schreiben?"

„Ich versuche meine Geschichten möglichst ausgewogen zu gestalten, wobei es natürlich dramaturgische Regeln zu beachten gilt. Schließlich schreibe ich Prosa und keinen Essay."

Sarah drehte sich um und lachte, obwohl sie gleichzeitig mit beiden Händen Tränen wegwischte.

„Mein Gott, Clemens. Du kannst einen aber auch wirklich in Grund und Boden quasseln."

„Ich würde dir lieber die Füße massieren."

„Ach, jetzt kommst du wieder angekrochen."

„Du bedeutest mir eben viel."

„Tatsächlich?"

„Unbedingt."

Ich machte einen ersten Schritt auf Sarah zu und im nächsten Moment lagen wir uns in den Armen.

„Ich dachte, du bleibst vielleicht bei Cynthia. Wollte sie dich nicht zurück?"

Ich spürte Sarahs Tränen an meinem Hals und nahm mir vor, das Manuskript zu zerreißen.

„Doch. Das wollte sie tatsächlich. Die Affäre mit Ismar ist schon wieder vorbei."

„Monja weiß übrigens schon lange, dass wir ein Paar sind."

„Zu dritt geht das hier trotzdem nicht mehr. Ich bin gespannt, was sie dazu sagt, wenn sie hört, dass wir wegwollen."

„Ich will endlich diese Stadt verlassen, weit weg von Torben sein und ihn nie wiedersehen."

„Dann lass uns so bald wie möglich abreisen und neu beginnen."

Als Monja kam und wir Händchen haltend auf dem Sofa saßen, meinte sie nur: „Du hast ihn also doch nicht weggeschickt."

Es klang wie eine Feststellung und kein Anzeichen verriet, wie sie dazu stand. Wir aßen zusammen zu Abend und nichts schien sich verändert zu haben, außer dass ich mein Sparbuch hatte und wir beabsichtigten, am nächsten Tag Sarahs Ausweis zu holen.

Abschied

Sarah kauerte zitternd auf dem Gehsteig. Ich setzte mich neben sie und legte vorsichtig den Arm um ihre Schultern. Ich zog sie nicht an mich heran, ließ den Arm nur so liegen und nach einer Weile lehnte sie sich an mich. So saßen wir ziemlich lange. Bis auf einen Rentner, der seinen Rollator vor sich herschob, kam niemand vorbei. Er schaute zu uns herüber, war aber wohl ausreichend mit sich beschäftigt und setzte im Trippelschritt seinen mühseligen Weg fort.

„Hast du dich etwas beruhigt?"

Sarah nickte.

Es dauerte eine Weile, bis sie sich halbwegs gefasst hatte. Sie atmete mehrmals hörbar ein und aus und sagte dann. „Hauptsache, ich habe den Ausweis. Das ist alles, was im Moment zählt."

„Wir können von nun an jederzeit abreisen."

„Lass uns bald fahren. Ich will endlich weg von hier", murmelte Sarah.

„Das machen wir."

Wir kehrten in die Wohnung zurück, Monja war noch unterwegs und im Schutz des Zimmers gewann Sarah nach und nach die Fassung wieder.

Ich vermied es, die Sprache auf das Geschehene zu bringen. Es war Sarah, die davon anfing.

„Du hast ihn von mir weggerissen und zu Boden gestoßen."

„Er hat sich wie ein Wahnsinniger auf dich geworfen – und versucht, dich zu küssen."

„Er hat sich ganz heiß angefühlt. Völlig irre. Seine Augen glänzten und waren weit aufgerissen – als ob er krank wäre."

„Meinst du, er hatte Fieber?", fragte ich und wagte nicht auszusprechen, woran ich dachte.

„Ich weiß nicht, ich war zu aufgeregt – und hatte solche Angst vor ihm. Es kam alles zurück. So schnell. Einfach so. Als ob dazwischen nichts gewesen wäre."

„Lass uns heute noch fahren."

Sarah schwieg.

„Er hat doch noch etwas gesagt, bevor er sich auf dich warf."

„Wenn ich dich nicht haben kann, soll dich niemand haben."

„So ein krankes Arschloch."

„Lass uns jetzt von etwas anderem reden. Ich will nie wieder daran erinnert werden. Wir beginnen noch einmal ganz von vorne. Irgendwann kann ich das vielleicht alles vergessen."

Vor dem Haus warteten wir auf Monja. Wir wollten uns von ihr verabschieden und uns bedanken. Sie hatte, wenn auch auf ungewöhnliche Weise, sehr viel für uns getan.

Irgendwann tauchte sie auf. Wir erklärten ihr, was wir vorhatten.

„Warum habt ihr nichts gesagt?"

Da wir schwiegen, vollführte Monja eine wegwerfende Handbewegung und meinte: „Das ist ja jetzt auch egal. Aber es war gut, solange es dauerte. Findet ihr nicht auch?", fragte Monja und wirkte mit einem Mal sehr verunsichert.

„Ja, das war es. Wir haben dir viel zu verdanken."

Monja verzichtete natürlich nicht auf lange Umarmungen, nickte uns daraufhin noch einmal zu und verschwand rasch im Haus. Ich wollte mir nicht vorstellen, wie es jetzt für sie war, allein in der Wohnung zu sein und die Kissen und Decken unseres Lagers wegzuräumen.

Wir hingegen liefen los. Es war solch eine Befreiung, in Bewegung zu sein. Wir kamen viel zu früh am Bahnhof an, kauften Tickets und gingen die wenigen Meter durch die hässliche Unterführung zum See. Wir wollten irgendetwas völlig Normales tun und beschlossen, am See einen Kaffee zu trinken – den man leider nirgends bekam. Also schritten wir auf dem Holzsteg zur

Imperia, um noch ein letztes Mal den Wasserstand abzulesen und darüber zu reden, ob der See zu viel oder zu wenig Wasser hatte. Ein kleiner, an sich sinnloser Gang, den man als Konstanzer manchmal unternimmt, und der ein harmloses Vergnügen bereitet.

Felix holte uns Stunden später in einer baden-württembergischen Kleinstadt ab und brachte uns mit dem Auto über die Grenze nach Bayern.

Er bewohnte alleine eine 5-Zimmer-Wohnung und hatte mehr als genug Platz für uns. Wir hatten uns dreizehn Jahre lang nicht gesehen, aber die gute Stimmung von damals stellte sich umgehend ein. Und ich wusste mit einem Mal wieder, warum wir einst enge Freunde gewesen waren. Im Grunde unseres Wesens hatten wir uns beide nicht verändert. Wir freuten uns erneut aneinander. Ich hatte schon immer an Felix gemocht, dass wir so gut miteinander lachen konnten. Es war schön, mit ihm wieder in die unbeschwerte Studienzeit einzutauchen. Wir planten bereits, wie früher als Studenten, im Sommer eine mehrtägige Bergtour in den Alpen anzutreten.

„Sarah, du musst uns unterbrechen, wenn wir zu ausgiebig über alte Geschichten reden."

„Ich werde mich hüten. Ich freue mich, dich so fröhlich zu sehen. So kenne ich dich gar nicht."

Eine halbe Stunde später meinte sie dennoch: „Bleibt bitte sitzen, aber ich muss ins Bett."

Sarah küsste mich in den Nacken, wie in der Nacht, als sie mit Monja von Stuttgart zurückkehrte. „Kuschle dich nachher an mich ran, dann bin ich glücklich."

Sarah zog sich zurück, während wir uns wechselseitig zahllose Anekdoten über die alten Zeiten erzählten. Felix öffnete zwei weitere Flaschen meines Lieblingsbieres und stellte diese vor uns auf den Küchentisch. Es war alles so unkompliziert, wie früher, als wir in Spitzenzeiten zu viert in einem Zimmer gehaust hatten. Wir erinnerten uns gegenseitig an Episoden aus längst vergangenen Tagen und waren ausgelassen und heiter. Irgendwann erwähnte ich das aktuelle Manuskript. Ich hatte Bedenken, es zu veröffentlichen, da ich niemandem zu nahe treten wollte. Es war ein heikles Thema, weil viele Menschen auf die eine oder andere Weise von der Pandemie betroffen waren.

„Dieses Thema muss künstlerisch aufgearbeitet werden", ermutigte mich Felix und auch daran erkannte ich meinen guten alten Freund wieder.

Gegen Morgen zog ich mich im Dunkeln aus, um Sarah nicht zu wecken. Felix hatte uns ein geräumiges Zimmer überlassen, in dem ein Doppelbett stand. Nachdem ich vorsichtig unter die Decke geschlüpft war, griff Sarah im Halbschlaf meine Hand und legte diese auf ihren Bauch.

„Geht es dir gut, mein Liebling?", flüsterte ich.

„Du brauchst keine Angst mehr um mich zu haben. Ich fühle mich, als wäre ich wieder achtzehn."

„Woher weißt du, dass ich Angst um dich hatte?"

Sarahs Körper bebte, sie lachte und schlief lachend ein und ich überlegte, ob ich je etwas Schöneres erlebt hatte, als eine an mich geschmiegte Frau, die lachend einschlief.

Am nächsten Morgen war der Frühstückstisch bereits gedeckt. Felix empfing uns grinsend und ich fragte mich, warum er nicht so müde war wie ich. Vielleicht war diese Energie der Schlüssel zu seinem beruflichen Erfolg.

„Was grinst du so bescheuert?", lachte ich zur Begrüßung mit halb zugekniffenen Augen und nahm dankbar die dampfende Kaffeetasse entgegen.

„Na, das erzähle ich euch beim Frühstück. Setzt euch erst einmal."

Das taten wir. Felix war sogar bereits beim Bäcker gewesen. Zudem hatte er vor unserer Ankunft so reichhaltig eingekauft, dass sein mannshoher Kühlschrank aus allen Nähten platzte. Endlich ein Unterschlupf, bei dem es keine seltsamen Bedingungen und Erwartungen gab.

„Also, ich habe da was für euch – das geht zwar noch nicht gleich, aber die Grenzen werden ja wohl nicht ewig geschlossen sein."

„Wieso Grenzen?"

„Na ja, nach dem was du mir gestern alles erzählt hast, dachte ich, ihr könntet einen größeren Tapetenwechsel gut vertragen."

„Allerdings."

„Ich habe ein kleines Ferienapartment in der Nähe von Alicante und nutze es viel zu selten. Wenn ihr Lust habt, dann könnt ihr, sobald die Grenzen wieder offen sind, gerne ein paar Wochen dort verbringen. Vielleicht besuche ich euch einmal, wenn ich endlich die Zeit dazu finde."

Felix hatte einen Job, bei dem er Unmengen von Geld verdiene, wie er es selbst formulierte, aber er habe leider zu wenig Zeit für die wichtigen Dinge. Ich sah Sarah an. Sie strahlte vor Glück. Die Vorstellung, nach Spanien zu fahren, weit weg von hier zu sein, begeisterte sie. Die Aussicht auf das Meer, die Wärme des Südens und die herrliche Vorfreude auf Urlaub ließen sie funkeln und vor Freude sprühen wie eine Wunderkerze in einer Winternacht.

Aber es kam alles anders. Werden weltweit die Hilfsbedürftigen nicht immer wieder, trotz oder gerade wegen ihrer offenkundigen Benachteiligung, unterdrückt? Ist es nicht längst überall an der Zeit, dass die Starken die Schwachen unterstützen, statt sie auszubeuten, damit alle die gleichen Chancen haben?

Vielleicht hatte sich Sarah auf der Demo in Stuttgart angesteckt, womöglich auf der Zugfahrt dorthin. Am wahrscheinlichsten erschien mir, dass Torben sie infiziert hatte. Im Grunde konnte es jedoch überall geschehen sein. Nachdem es Sarah rasch schlechter ging, brachte ich sie in ein Krankenhaus. Sarah lehnte dies zunächst ab, aber schon bald war sie so geschwächt, dass sie unmerklich nickte, als ich sie erneut inständig bat, sie in ein Krankenhaus bringen zu dürfen.

Dies war das letzte Mal, dass ich sie gesehen habe. Ich durfte sie nicht besuchen und erhielt nach endlosen Tagen die Nachricht, dass sie gestorben ist. Felix war mir ein wirklicher Freund in dieser Zeit. Auch ihn nahm Sarahs Tod sehr mit. Felix hatte sich wahrscheinlich nicht infiziert und ich spürte außer leichten Halsschmerzen, die für

mehrere Tage anhielten, nichts von einer Erkran-
kung.

Irgendwo las ich, dass Asthmakranke kein hö-
heres Risiko haben würden, ernsthaft zu erkranken. Es klang wie Hohn. Den Betroffenen hilft
keine noch so fundierte wissenschaftliche Aussage. Sie wollen weder Wahrheiten noch Lügen
hören, sondern nur den geliebten Menschen zu-
rückbekommen, den sie verloren haben.

Währenddessen überzog der Virus die Welt
mit unendlich viel Leid. Irgendwann würde die
Zeitrechnung nach der Pandemie beginnen. An
einigen würde die Krise nahezu spurlos vorübergehen: Sie hatten keine Existenzängste, verloren
keinen geliebten Menschen, erkrankten nicht, für
sie würde der Spuk irgendwann endgültig beendet
sein. Aber viele würden bis dahin auf die eine
oder andere Weise von der Pandemie hart getroffen werden. Während für einige das Leben nahezu unverändert weitergehen konnte, würde es für
andere nie wieder sein wie zuvor.

Ein Jahr später fand Monjas Postkarte ihren
Weg zu mir. Ich hatte völlig vergessen, dass wir
uns damals, auf meinen Vorschlag hin, Postkarten
schrieben, die wir uns zusenden wollten. *Ich wün-*

sche euch, dass ihr zusammen glücklich werdet. Vergesst mich nicht ganz. Ich freue mich immer, wenn ihr mich besuchen kommt. Monja hatte also damals schon gewusst oder zumindest geahnt, dass wir sie irgendwann verlassen würden. Mit einem Stift in einer anderen Farbe, also wohl nachträglich geschrieben, stand darunter: *Es gibt wieder einen Mann in meinem Leben. Ich habe Olaf viel von euch erzählt. Er freut sich sehr darauf, euch kennenzulernen.*

Wie gerne wäre ich mit Sarah wieder bei dir, liebe Monja. Ich wusste nicht, wie gut ich es damals hatte, was für ein glücklicher und reicher Mensch ich doch einmal für wenige Tage war.

Mein Leben hatte seinen Sinn verloren. Oft fragte ich mich, was ich der Menschheit bisher gebracht hatte. Hatte ich in meinem Leben irgendetwas Gutes bewirkt? Würde ich etwas Bleibendes hinterlassen? Mit Felix besprach ich, was ich mit meinem Leben anfangen könnte. Irgendwann, weil mich nichts mehr interessierte, kam der Gedanke auf, wenn ich schon nicht für mich leben wolle, könnte ich doch immerhin für andere da sein. Aber in welcher Form konnte ich Gutes bewirken? Würde ich die Kraft haben, anderen zu helfen, die Hilfe brauchten? War ich dazu überhaupt in der Lage? Verfügte ich über die dafür nötigen Fähigkeiten? Würde es mir gelingen, statt nur an mich zu denken, für andere da zu sein? Das waren entscheidende Fragen, die ich mir jedoch solange nutzlos stellte, bis ich aktiv werden würde. Dies konnte allein die Zukunft beweisen, der die abschließende Wahrheit gehört. Das ist und bleibt die Beschränkung des Menschen, die kommende Zeit nicht zu kennen. Auf ewig bestehen die Mysterien. Nie werden alle Geheimnisse aufgelöst.

.

Markus Reich
Der Märchenphilosoph
Roman

Beginnen wir damit, das allerpersönlichste Märchenwesen in uns zu entdecken, um zu verstehen, wer wir wirklich sind. Bin ich denn nun ein listiges Fabelwesen, ein kluger Elf, eine ratlose Heldin vor ihrer Feuerprobe, eine gütige Fee oder ein Seeadler, der durch die Weite des Himmels gleitet? Lassen wir zunächst jenes vor uns selbst verborgene Geheimnis aufleuchten! Seien wir endlich jene Märchenfigur, die wir uns bisher nur im kostbar gehüteten Traum erlaubt haben zu sein! Die Substanz all dessen ist seit Jahrtausenden dieselbe, sie bleibt unvermindert des Menschen größtes Mysterium, es ist nach wie vor die Magie.

Eine heitere, sentimentale Reise voller Irrtümer und Glück. Vom Zauber, die eigene Gabe zu finden und zu entfalten, um sie dann zu verschenken.

Markus Reich
Liebe mich in einer neuen Zeit
Roman

Ein ungleiches Liebespaar in gefahrvoller Auseinandersetzung mit den Mächtigen.

Novalee betrachtete lange das vertraute Gesicht, bevor sie sagte: »Es wäre besser gewesen, du hättest mich in einer anderen, glücklicheren und gerechteren Zeit geliebt.«

»Gleichgültig in welcher Zeit, ich werde dich immer lieben.«

»Liebe mich in einer neuen Zeit«, antwortete Novalee und schob den Widerstrebenden sanft zur Tür hinaus.

Ein Liebespaar wird getrennt. Bis sie sich inmitten der gefahrvollen Auseinandersetzung der Ausgebeuteten mit den Mächtigen begegnen. Novalee steht für die Rechte der Näherinnen ein, als Fynn verzweifelt versucht, sie vor den Folgen ihres mutigen Protests zu schützen, um ihr eigenes Glück zu retten.

Markus Reich
Die Indienreise der wundersamen Begegnungen
Roman

Daniel will zunächst nur nach Indien, um die faszinierende Leonora zurückzugewinnen. Aber gleichgültig zu bleiben ist unmöglich, in diesem vibrierenden und erhabenen, vielgestaltigen und faszinierenden Land. Exotische Städte, die Wüste Rajasthans, Keralas Strände, der Himalaja und buddhistische Höhlen werden zu Schauplätzen intensiver Erlebnisse. Wird die Begegnung mit Leonora in Delhi die Sehnsucht des Reisenden stillen?

Durch die außergewöhnlichen Menschen, die du triffst, durch die vielfältige Welt, durch die wundervolle, chaotische, bunte, lebendige Kultur, die dich umgibt, durch die Häute, die du abstreifst und zurücklässt, durch die Erfahrungen und Begegnungen, die dich bereichern: Dadurch entkommst du dem alten Bannkreis! Der Zauber kann sich auftun, und du wirst vielleicht, vielleicht, vielleicht doch noch ein anderer Mensch!

In dem abenteuerlichen Roman *Die Indienreise der wundersamen Begegnungen* begegnen wir erneut Leonora und Daniel, den Protagonisten aus *Der Märchenphilosoph*.

Markus Reich
Tante Bella und die Grünpflanzenkommissarin
Erzählungen

»Natur und Literatur gehen darin eine schöpferische Verbindung ein, in der der Mensch der Natur den Vorrang gibt und die Natur wieder heilt.« (*Konstanzer Anzeiger* über die Kurzgeschichte „Tante Bella und die Grünpflanzenkommissarin".)

Das Blind Date mit Athena wird zu einer gefährlichen und beglückenden Reise für den Sterblichen, der eine Frau für das Leben sucht und eine Göttin gewinnt.

Die Suche nach den perfekten Jahreszeiten ist wie ein Ritt zum Jupiter im orangefarbenen Hippiebus.

Ein Satz kann ihn retten. Nach Jahren redet er. Aber sein Chef schweigt. Und jetzt?

Zwischen Paris und Paris lagen dreißig Jahre. Natürlich war diese Reise ein einziges, verzweifeltes Wagnis!

Solch einen unangenehm perfekt-anständigen Ehemann hält auf Dauer die geduldigste Frau nicht aus.

Tante Bella, die Grünpflanzenkommissarin und der lesende Prinz verändern die Welt.

Markus Reich wurde 1968 in Rastatt/Baden geboren und wuchs in der Region Stuttgart und im Schwarzwald auf. Während des Ingenieurstudiums entdeckte er die leidenschaftliche Liebe zur Literatur. Studienaufenthalten in Frankreich und Indien schloss sich eine zehnjährige berufliche Reisetätigkeit in vierundzwanzig Ländern an. Seit 2017 ist Markus Reich freier Autor und schreibt Romane, Erzählungen, Drehbücher und Theaterstücke.